사계절 영미 시선집

범우문고 332

사계절 영미 시선집

워즈워스 · 휘트먼 외 지음
정정호 · 이소영 옮김

범우사

어떻소, 그대들은 한 해가 우리 인생살이를 모방하여
네 가지 모습으로 이어진다는 것이 보이지 않으시오?
초봄은 젖먹이처럼 부드러워 소년 시절과 가장 비슷하오.
그때는 초목이 싱그럽고 물이 오르지만 연약하고 무르며,
희망으로 농부들을 즐겁게 해주지요.
그때는 만물이 꽃을 피우고, 풍요로운 들판은 온갖 꽃의 색깔과
유희하지만 아직도 나뭇잎에는 힘을 느낄 수가 없어요.

봄이 지나고 나면 더 건장해진 한 해는 여름으로 넘어가 힘센 젊은이가 되지요. 어떤 나이도 이보다 건장하지 못하고, 이보다 풍요롭지 못하며, 이보다 더 열기가 넘치지 못하오.

젊음의 열기가 사라지고 나면 그 뒤를 가을이 따르는데, 그것은 성숙하고 원숙하며 시기적으로 젊은이와 노인 사이에 있으며
관자놀이가 희끗희끗한 계절이지요.
이어서 노인인 겨울이 떨리는 걸음걸이로 비틀거리며 다가오지요.
머리가 다 빠졌거나, 남아 있다면 백발이 되어서 말이오.

— 오비디우스 《변신 이야기》(천병희 옮김) 제15권.

차례

■ 이 책을 읽는 분에게

요즘은 과거에 비해 사람들이 시를 많이 읽지 않습니다.… 요즘의 시대가 먹고 사는 게 너무나 힘들고 경쟁이 치열하기 때문이라는 생각이 들기도 합니다. 남을 누르고 이겨야 살 수 있는 세계에서 시는 사실 잘 읽히지 않습니다. 하지만 그럴수록 오히려 시를 가까이 두고 읽어야 할 필요가 있습니다. 시는 영혼의 가장 좋은 양식이고 교육입니다. 시를 읽으면 마음이 맑아지고 영혼이 정갈해집니다. 이것은 마른 나무에서 꽃이 피는 것과 같은 일입니다.

- 피천득 〈시와 함께한 나의 문학 인생〉(2005)

현대는 시보다 산문의 시대다. 그러나 인류 문화사에서 우리에게 시는 노래에서 시작한 가장 오래되고 친숙한 문학 장르다. 요즘 국내외 여러 지역에서 함께 모여 낭송하며 즐기는 시 낭송대회가 종종 열리는 걸 보면서 문득 잃어버렸던 시의 시대가 다시 돌아오는 건 아닌지 하는 생각이 든다.

"문학의 죽음"까지 운위되던 지난 20세기부터 지금에 이르기까지 영상매체와 디지털 기술이 주축을 이루는 4차 산업시대에 서사적 충돌이 아직 강한 것은 사실이지만 시를 우리의 일상생활에서 새롭게 부활시키는 것은 중요하다.

경제적 실용주의를 앞세운 후기 자본주의 시대에 기후변화와 지구온난화로 몸살을 앓고 있는 오늘날, 시는 필요 없다고 선언되는 바로 지금이 시가 가장 필요한 시대는 아닐까? 더욱이 2020년 초부터 시작된 코로나바이러스 사태가 전 지구적으로 확산하면서 눈에 보이지도 않는 작은 미생물 바이러스의 침공으로 암울한 먹구름이 우리의 삶 전체를 엄습하고 있다. 황폐한 시대와 엄혹한 현실 앞에서 어디서 작은 위안이라도 찾을 수 있겠는가? 혹시 문학예술 특히 쉽게 암송하여 즐길 수 있는 시가 아닐까 생각해본다.

2500년 전 공자는 《논어》(위정편)에서 시의 정의를 생각에 사특함이 없다는 "사무사"(思無邪)로 내렸다. 공자는 제자들이 시를 읽지 않음을 안타까워하며 꾸

짖듯이 말한다.

> 자네들은 어찌하여 시를 배우지 아니하는가? 시는 감흥을 불러일으킬 수 있으며, 풍속의 성쇠를 살필 수 있게 하며, 사람과 잘 어울릴 수 있게 하며… 새와 짐승과 초목의 이름을 많이 알게 해준다. -《논어》(양화편)

"시"는 소리 내어 읽어야지 눈으로만 읽으면 안 된다. "시는 언제나 음악을 지향한다"는 말도 있듯이 시의 생명은 기본적으로 운율과 리듬이다. 시를 소리 내어 읽으며 음미하면 우리의 마음과 영혼이 깨끗하게 되는 놀라운 치유 효과를 발휘한다. 시에서 지나치게 의미를 추구하는 것은 시의 가치와 본질을 망각하는 짓이다. 시는 좋아하는 단계를 넘어 즐기는 자세로 마주해야 한다.

일상생활에서 시 읽기를 통해 시가 우리의 마음을 연주하면서 우리의 삶이 구체적으로 변화될 수 있도록 작동시켜야 한다. 이것이 황폐해가는 우리 시대에 진정한 시의 효용일 것이다. 시를 통해 우리는 세상에 대한 공감과 겸애를 실천하고, 시를 통해 자연과 하나가 되어 동물들과 대화하고 식물들과 교감하며 이웃

을 사랑하고 신을 만날 수 있다. 시는 진실로 우리가 쉽게 망각해버린 마음의 아름다운 정원이다

오늘날과 같은 광속의 시대와 초연결사회에도 시 읽기의 노고와 보람은 분명하다. 페이지 위에 무정한 듯 누워있는 새까만 글자들은 우리의 눈물 어린 노력이 없다면 죽은 척 꼼짝도 하지 않을 것이다. 시는 감동의 발전소이자 상상력의 보물 창고다. 페이지 위에 누워있는 글자들이 일어나 우리와 함께 춤출 수 있도록 시를 불신하는 우리의 마음을 끊임없이 흔들어대고 깨트려야 한다.

편역자는 사계절 영미 시선집을 위해 사계절과 연계된 시들을 뽑아 엮고, 번역하였다. 대부분 짧은 시들이지만 긴 시도 일부 포함하였다. 여러 주제 중 '사계절'을 택한 이유는 우리의 일상과 친숙하기 때문이다. 온대 지방에서 살아가는 모든 사람에게 봄, 여름, 가을, 겨울 사계절은 끊임없이 순환하는 문화의 원형(Archetype)이다. 사계절의 맛, 소리, 향기, 색깔과 연관된 인간의 희로애락은 가장 기본적인 감성과 인식의 토대다.

이 작은 영미 시선집을 통해 한국 독자들이 영미문

학에서 한반도와는 다를 수 있는 계절과 자연에 대해 다양한 공감과 경험을 맛볼 수 있으면 좋겠다. 온대 지방 한반도에 사는 한국인의 정서와 크게 다르지 않으리라. 지구온난화로 오래된 지구 생명공동체의 생태 질서가 흔들리고 있다. 지금까지 온대 지방이 누려온 사계절의 분명한 구별이 아직 지속되긴 하나 온대 기후가 점차 아열대 기후로 바뀐다면 아름다운 사계절의 순환 질서는 무너질 것이다. 편역자들은 이번 작업을 통해 사계절 노래는 세계 어디서나 보편성이 있음을 알 수 있었다.

이 작은 번역 시선집이 우리의 생태학적 상상력을 고양해주면 좋겠다. 이른 시일 안에 우리가 반드시 도달해야 할 지구 탄소 중립을 이루고 기후변화를 막아 만물의 생명공동체인 지구의 온대 지방 전체에 사계절이 영원히 지속하는 데 조금이라도 도움이 되기를 바랄 뿐이다.

2022년 겨울

정정호, 이소영 삼가 씀

〈사계절 노래〉

한여름 밤의 꿈

- 윌리엄 셰익스피어

계절이 바뀌네, 머리가 하얀 서릿발은
새빨간 장미 품에 안기네.
늙은 겨울의 듬성듬성하고 차가운 머리 위에
아름다운 여름 꽃망울의 향기로운 화관이
조롱하듯 씌워져 있네. 봄과 여름,
열매 맺는 가을과 화가 난 겨울이
옷을 바꿔입어선지, 세상은 놀라서
때아닌 열매를 보고 어리둥절해 하네.

-《한여름 밤의 꿈》 2막 1장 106-113행

사계절, 〈서시〉

- 제임스 톰슨

전능하신 하나님 아버지! 사계절의 변화는
단지 다채로운 주님의 모습입니다. 흘러가는 한 해는
그 자체로 가득합니다. 즐거운 봄에는
그대의 아름다움이, 온유함과 사랑이 앞서 걸으십니다.
들판은 홍조를 띠고 부드러운 공기는 향유 기름입니다.
메아리 산에 울려 퍼지고 숲은 미소짓습니다.
모든 감각과 모든 가슴 환희입니다.
여름날이 되면 그대 영광 모습을 드러냅니다.
빛과 열기로 찬란합니다. 그대의 해님은
벅차오르는 한 해를 통해 완전무결하게 발산합니다.

간혹 그대 목소리 무서운 천둥으로 폭발하고,
간혹 새벽에나 한낮 정오, 또는 해가 지는 저녁에
개울과 관목 옆으로 허허롭게 속삭이는 강풍으로 이야기합니다.
가을에는 그대의 풍요로움 무한정 빛나고
살아있는 만물을 위하여 공동의 잔치를 베풉니다.
겨울에는 무시무시한 그대! 구름과 폭풍우로 그대 내몰아치고
폭풍 하나 지나가면 또 다른 폭풍이 달려옵니다.
웅장한 암흑이여! 회오리바람의 날개 위에
숭고하게 올라탄 그대 세상을 향해 흠모하라 명합니다.
그리고 겸손한 자연에 그대의 북풍으로 말합니다.

-《사계절》〈서시〉 1 - 20행

계절이 찾아왔네

- 윌리엄 워즈워스

내가 어디로 움직이든지 사계절은
각 계절의 특징을 펼쳐 보여 주었네
가장 조심스럽게 관찰하는 이 사랑의 힘이 없었다면
무시되었을 텐데. 그리고 영속적 관계의
기록을 남겼네, 다른 곳이라면 알려지지 않았을.
이렇게 삶과 변화와 아름다움 그리고
"최고의 사교"(상류사회)보다 더 역동적인 고독이 왔네.
사교는 조용하고 겸손한 내면적 일치로
고독만큼 감미로워졌네.
그리고 마음의 부드러운 파문은
수많은 구별과 차이로부터
사물 안에서 감지되었네. 같은 원천에서라도

명민하지 못한 눈에는
차이가 보이지 않으나
한층 더 숭고한 기쁨을 느꼈네

-《서곡》 2권, 288-302행

사람의 사계절

-존 키츠

사계절이 한 해를 가득 채우네.
사람의 마음속 그곳에도 사계절 있네.
사람은 튼실한 새봄을 맞네. 맑은 환상이
그 낙낙한 날개 속에 모든 아름다움 품을 때.
사람은 여름을 누리네. 사치스럽게
아름답던 봄의 달콤한 생각들을 곱씹고 곱씹어
마침내 자기 영혼의 일부로 녹아내릴
때까지. 사람은 가을의 항구와
평온의 안식처 얻네. 피곤한 날개를
접고 이제 한가로이 만족스러운 눈으로
흐릿한 안개를 바라볼 때. 아름다운 사물도
돌봄 받지 못하고 울타리 실개천처럼 무심히 흘러

가네.

사람은 또한 겨울을 맞네. 창백하게 일그러진 모습,
아니면 자신의 죽을 운명을 망각한 것인가.

봄

향기로운 계절

- 헨리 하워드 서리

향기로운 계절, 싹틔우고 꽃피우며,
언덕과 골짜기에 초록색 옷 입힌다.
새롭게 깃털 돋은 나이팅게일 노래를 부르고
산비둘기 제 짝 향해 제 사연 속삭인다.
봄이 오니, 가지마다 튀어나오고,
붉은 사슴 해묵은 뿔 울타리에 걸친다.
제동 걸린 사슴 겨울옷 내팽개치고,
비늘 새로 돋은 물고기 물에서 떠돈다.
살모사 모든 허물 벗어 던지고
날쌘 제비 조그만 파리떼 뒤쫓는다.
분주히 일하는 벌 이제 꿀 섞고 있다.
꽃들에 슬픔 안겨주던 겨울 힘이 빠졌고,
이 유쾌한 것들 속에서 나는 슬프다.
모든 걱정 쇠퇴하나 내 슬픔은 샘솟는다.

봄맞이

-존 릴리

어쩜 무슨 새가 노래하며 저토록 슬피 울까?

오! 저 새는 겁탈당한 나이팅게일.

"쩍, 쩍, 쩍, 쩍, 테레우!"[1] 하고 저 새 외친다.

그녀의 비애 여전히 한밤중에 솟아난다.

저 용감한 노래! 지금 우리가 듣는 저 노랫소리 주인공 누구일까?

저토록 날카롭고 맑은 목소리의 주인공 오로지 종달새인데 -

이제 하늘의 문 앞에서 그녀 날개 치며

노래하면 그제야 비로소 새벽이 잠에서 깨어난다.

잘 들어라, 들어. 저토록 예쁜 목소리로

---

1 여기서 "쩍"은 성행위 때 소리를 나타내는 의성어다. 그리스신화에서 테레우스는 처제 필로멜라를 겁탈한 뒤 그녀의 혀를 잘라냈고 후에 죽이려고 시도했다. 이에 신들은 필로멜라를 나이팅게일로 변신시켰다. 그 후 이 새는 자신을 겁탈한 테레우스를 상기시키기 위해 "테레우"하고 운다고 한다.

가련한 빨간색 가슴의 울새도 음조를 맞추고,
유쾌한 뻐꾸기들 어떻게 "뻐꾹,"[2]을 노래하는지.
잘 들어, 봄을 맞아들이고 있으니.
"뻐꾹", 봄을 맞이하세.

2 영미권에서는 뻐꾸기 소리를 쿠쿠(cuckoo)로 표기하나 여기서는 우리 식으로 "뻐꾹"으로 했다.

봄, 달콤한 봄

- 토마스 내쉬

봄, 달콤한 봄은 한 해의 쾌적한 왕.
그때 온갖 꽃 피어나고, 그때 처녀들 원형 그리며 춤추고,
추위 얼얼하도록 찌르지 않고 어여쁜 새들 노래 부르네.
삐꾹, 쩍- 쩍, 푸- 위, 부엉부엉![3]

갯버들과 아가위, 시골집들 흥겹게 하고
양들 까불대며 뛰놀고 목동들 온종일 피리 부네.
우린 항상 듣네, 새들이 부르는 이 즐거운 노랫소리
삐꾹, 쩍- 쩍, 푸- 위, 부엉부엉!

들판의 숨결 달콤하고, 우리 발에 입맞춤하는 들국화,

---

3 쩍- 쩍은 나이팅게일 소리, 푸- 위는 댕기물떼새 소리.

젊은 연인들 만나고, 늙은 아낙네들 양지에 앉아 햇볕 쬐네.

거리마다 이 노랫가락 우리 귀 즐겁게 해.

뻐꾹, 쩍- 쩍, 푸- 위, 부엉부엉!

봄, 달콤한 봄!

이제 겨울은 도망쳐버렸다

- 토마스 커루

이제 겨울이 저만큼 도망쳐버리니, 대지는
하얀 눈옷 벗어던졌고 이제는 서리 또한 풀밭에
다시는 사탕 주지 않고 은빛 호수나 수정 같은 시냇물 위로
얼음같이 차디찬 크림 던져주지 않는다.
하지만 따스한 해님 감각 잃고 마비된 대지를
부드럽게 만져주고, 성스럽게 죽은 제비 낳았으며,
텅 빈 나무에서 꾸벅꾸벅 졸고 있는
뻐꾹새와 땅벌을 깨운다.
이제 지저귀는 음유시인 합창대 의기양양하게
세상을 향해 풋풋한 봄 불러온다.
계곡, 언덕 그리고 숲들 풍요롭게 정렬하여
간절히 기다리던 5월을 반갑게 맞이한다.
이제 삼라만상 미소지으나 단지 내 사랑 얼굴 찡그리도다.

델 정도로 뜨거운 한낮의 태양 그녀 마음 여전히
굳혀 놓고 그녀의 동정심 차디차게 만드는
대리석 같은 얼음 녹여줄 그 힘이 없다.
얼마 전 대피할 곳 찾아 마구간으로 달려갔던 황소
이제는 안전하게 확 트인 들판 위에 누워있다.
그리고 이제 사랑은 더 이상 벽난로 가가
아니라 좀 더 서늘한 그늘에서 이루어진다.
총각 목동 지금 처녀 목동과 함께 커다란 단풍나무
아래에서 잠들어 있고 만물은 계절에
박자를 맞춘다. 단지 내 사랑 두 눈에는 6월을,
마음속에는 아직도 1월을 품고 있다.

오라, 부드러운 봄이여

-제임스 톰슨

오라 부드러운 봄이여, 영묘하게 온유한 봄이여, 오라.
사방에서 음악이 깨어나는 동안, 소낙비처럼 떨어지며
그늘을 드리우는 장미꽃으로 몸을 가리고
저기 스러지는 구름의 품에서 우리의 평원 위로 내려오라.

오 하트퍼드, 가식적인 우아함으로 궁정에나 어울리거나
빛나리라. 아니면 순수한 마음으로 명상을 하며 들판을 거닐면서
안락한 모임 가운데 그대 자신의 계절이 그려낸
나의 노래를 들어보라. 지금 자연은 모두
그대처럼 생기가 돌고 자애롭도다.

그리고 험상궂은 겨울이 어디로 나아가는지 살펴보아라.

저 멀리 북쪽으로 가며 그의 흉포한 돌풍을 불러내도다.

그의 돌풍 따라가며 울부짖는 언덕,

충격에 빠진 숲, 그리고 황폐해진 계곡을 떠나가도다.

다소 부드러워진 바람이 그 뒤를 따르는 동안, 친절한 바람의 손길로

녹아내린 눈 격노한 급류에 휩쓸려 내려가고

산들은 그들의 녹색 머리 하늘을 향해 들어 올리도다.

이른 봄에 쓴 시

- 윌리엄 워즈워스

천 개의 혼합된 음 나 들었지.
작은 숲속에 비스듬히 기대어 앉아 있는 동안,
즐거운 생각이 슬픈 생각을 마음에
불러오는 그 달콤한 기분으로.

자연은 그녀의 아름다운 작품에
나를 통해 달리는 인간의 영혼을 연결했지.
그리고 인간이 인간에게 어떤 짓을 했는지
생각하니 내 마음 너무나 비통했지.

저 푸른 나무 그늘에서 앵초 덤불을 통해
페리윙클은 그 화환 끌고 갔지.
그리고 모든 꽃은 자신이 들이쉬는 공기를
즐긴다고 나 믿게 되었지.

내 주위에서 새들 깡충깡충 뛰놀았지.
그들의 생각 나 헤아릴 수 없지만 -
그들의 아주 작은 동작도
짜릿한 쾌감인 것 같았지.

싹이 트는 가지들 부채를 펼쳐 들고
경쾌한 공기를 붙잡네,
아무리 생각해도 거기에 즐거움 있었다고
생각하지 않을 수 없네.

만약 이 믿음이 하늘에서 보내준 거라면
만약 그런 게 자연의 신성한 계획이라면
인간이 인간에게 어떤 짓을 했는지
애통할 이유 나에게 없을까?

수양버들 껍질 벗기며

-존 클레어

한가로운 사람들이 그러듯이 회색 수양버들에서
나 역시 한 줌의 껍질 벗겨내고 가느다란 나뭇가지 얻었네.
그리고 내 살과 피, 골수가 마른 뼈로 변할 때까지
나는 혼자 앉아 하루살이 낚아챘네.
나는 그 아픔 알지 못했지만 내 질병 사랑이기에
사랑의 아름다움 내 심장의 피 되었네.
너무 난폭한 소리 멀리하듯 나는 사람들로 붐비는 곳 피하여
달콤한 고독의 침묵 속으로 도망쳤네.
목동들과 꽃을 사랑하는 처녀들의 눈에 띄지 않은 채 -
그곳에는 푸른 어둠 속에서 꽃이 꽃봉오리, 꽃망울 터뜨렸다 시드네.
은둔 벌들 그 꽃들 단 한 번 발견하곤 가버리네.

그곳에서 나는 산 채로 묻히고 침묵 속에 사라지겠네.
나는 침묵과 수치심으로 혀가 움직이지 못할 때까지
아름다운 여인들의 눈 너무 오래 응시했네.
그녀에게 말하고자 노력할 때면 할 말을 잃게 되고
그래서 나 부끄러워 몸 돌리니 그녀는 저 멀리 가버렸네.
아, 나 할 얘기 생겼을 때 그녀는 너무 멀리 가버리고 말았네.
그래서 그녀의 등뒤에서 나 탄식하며 내 처소로 걸어왔네.
수양버들 가지 꺾어 그 껍질 벗겼네.
자연의 법칙대로 군중들 속에서 한층 더 외로워 -
내 무도회장은 목초지, 내 음악은 꿀벌들,
내 술은 샘, 내 교회는 키 큰 나무들이라네.
사랑은 한 남자를 평생 미치게 만드는데
누가 사랑을 하거나 아내한테 매이기를 바라겠는가?

악기

– 엘리자베스 배럿 브라우닝

위대한 신(神) 판, 저 아래 강가 갈대숲에서 무얼 하고 있었을까?
잔해를 널따랗게 펼치고 저주를 흐트러뜨리며
염소 발굽으로 물을 튀기며 노를 젓듯 나아갔도다.
그리고 강물 위 잠자리와 함께 금빛 백합을 꺾어 강물 위로 띄웠도다.

위대한 신 판, 그는 깊고 차가운 강바닥에서 갈대 하나를 뽑아냈도다.
맑은 물이 갈팡질팡 흘러가고
꺾인 백합들 죽은 채 떠다니고,
잠자리는 판 신이 강물에서 꺼내기 전 날쌔게 도망쳤도다.

강물이 어지럽게 흘러가는 동안 강기슭 높은 곳에

위대한 신 판 앉아 있었도다.
위대한 신인 그는 단단하고 차가운 강철 검으로
끈질긴 갈대를 난도질하고 잘라냈도다.
강에서 새롭게 가져온 것이라는 표시가 잎사귀에 하나도 남아 있지 않을 때까지.

위대한 신 판, 언제나처럼 갈대를 짧게 잘랐도다.
(갈대는 강 속에서 얼마나 높이 서 있었던가!)
그러고는 사람 심장과도 같은 가운데 핵심을
차근차근 껍질부터 헤치고 빼내었도다.
그리고 그는 강가에 앉아 속이 텅 빈 물기 없는 그 가련한 것에 구멍을 뚫었도다.

"바로 이거지." 위대한 신 판은 깔깔대고 웃었도다.
(강가에 앉아 그는 큰소리로 웃었도다)
"신들이 달콤한 음악을 만들기 시작한 이래로
오로지 이 방식으로 신들은 성공할 수 있었지."
그런 다음 그는 갈대 구멍에 입을 대고 강가에서 힘차게 불었도다.

달콤하고, 달콤하고, 달콤하도다, 오, 판이여! 강가

에서 사무치도록 달콤하도다!

오, 위대한 신 판이여, 정신을 잃을 만큼 달콤하도다!

언덕 위 태양은 내려가기를 잊었고

백합은 다시 살아나고, 잠자리는 다시 돌아와 강 위에서 꿈을 꾸도다.

하지만 위대한 신 판은 반 짐승, 사람을 시인으로 만들며

강가에 앉아 큰소리로 웃도다.

진실한 신들 희생과 고통으로 탄식하도다 -

강의 갈대들과 더불어 살아가는 갈대로는 두 번 다시 자라날 수 없는 갈대를 생각하며.

타향에서 고향 그리네

- 로버트 브라우닝

1

아, 지금 영국에 있고 싶네.
지금 4월이 한창일 그곳에.
어느 날 아침 영국에서 눈을 뜨면
누구라도 무심코 보게 되리라.
느릅나무 줄기 주위로 낮게 드리운 가지들과
잎나무 다발 더미에 아주 작은 잎새 돋아나고
방울새 과수원 가지에 앉아 노래하리라!
영국에 있고 싶네 - 지금!

2

4월이 가고 5월이 오면,
휘파람새 집을 짓고 모든 제비 둥지 트리라!
귀 기울여 봐, 산울타리에 꽃핀 나의 배나무

들판을 향해 몸을 기울이고 클로버 위로 꽃과
이슬방울 흩뿌리는 곳 - 구부러진 가지 끝 - 거기에서
똑똑한 개똥지빠귀 두 번씩 부르는 노랫소리 들려
오리라.
처음에 무심히 부른 황홀하고 멋진 노래
되풀이 못한다고 그대 생각하지 않도록!
들판은 희뿌연 이슬 맺혀 거칠어 보이지만,
어린아이 몫인 미나리아재비꽃을
- 요란한 이 참외꽃보다 훨씬 찬란한 이 꽃을
한낮이 새로이 잠 깨울 때 만물은 즐거우리라.

올빼미와 고양이

- 에드워드 리어

I

아름다운 완두콩 빛 연두색 배를 타고 올빼미와 고양이 바다로 나갔네.

그들은 약간의 꿀과 많은 돈을 5파운드 지폐에 고이고이 쌌네.

올빼미가 하늘의 별들을 바라보며 자그만 기타에 맞추어 노래 불렀네.

"아 사랑스러운 고양이! 아 내 사랑 고양이,

그대 정말로 아름다워.

그대

그대는!

그대는 진정 아름다운 고양이로다!"

II

고양이 올빼미에게 화답했네, "그대 우아한 새여!
그대 노랫소리 얼마나 매력 있고 달콤한지요!
아 우리 결혼합시다! 너무나 오랫동안 애태웠네요.
하지만 결혼반지는 어쩌지요?"
그들은 일 년 하루 동안 배를 저어 뽕나무가 자라는 땅으로 갔다네.
그리고 그곳 숲에 새끼 돼지 서 있었네.
코끝에 반지 걸고서,
새끼돼지 코,
새끼돼지 코,
코끝에 반지를 걸고서.

III

"여보세요 돼지 씨, 당신 반지 1실링에 파실래요?"
새끼 돼지 대답했네. "그럽시다."
그래서 그들은 그 반지를 가지고 와 다음날 결혼을 했네.
언덕 위에 사는 칠면조 주례로.

그들은 잘게 저민 고기와 마르멜로 열매 조각으로
세 가닥 스푼 사용하여 맛있게 식사했네.
그리고 손에 손을 잡고 모래톱 가장자리에서
달빛 아래서 춤추었네.
달빛,
달빛,
그들은 달빛 아래서 춤추었네.

여행을 떠난 아이 있었네

- 월트 휘트먼

날마다 여행을 떠난 아이 있었네.
그리고 제일 처음 만난 대상, 그 아이는 그 대상 되었네.
그리고 그 대상 그날 아니면 일정 기간 그의 일부 되었네.
혹은 몇 년 또는 여러 해 계속되기도 했네.

일찍 꽃피는 라일락, 이 아이의 일부 되었고
그리고 풀과 하얀색 빨간색 나팔꽃, 하얀색 빨간색 클로버, 피비 새의 노래,
그리고 3월에 태어난 양, 연분홍색 돼지 새끼, 암말이 낳은 망아지 그리고 송아지,
헛간이나 연못가 늪지에서 시끄럽게 떠들어대는 병아리 떼,
늪지에 기묘한 자세로 떠 있는 물고기들과 아름답

고 신기한 액체,

그리고 우아하게 윗부분 평평한 수초들, 이 모든 게 이 아이의 일부 되었네.

4월과 5월 들에서 피어난 새싹들 그 아이의 일부 되었네.

겨울 곡물 싹과 노르스름한 옥수수 싹, 그리고 정원에 심은 식용 뿌리,

훗날 열매로 변할 꽃들로 뒤덮인 사과나무, 숲속 열매들, 길가에 흔히 핀 잡풀,

그리고 방금 술집 화장실 나와 집을 향해 비틀비틀 걸어가는 술 취한 노인,

그리고 부지런히 학교를 향해 걸어가는 여자 선생님,

그리고 거리를 지나가는 다정한 소년들과 싸우기 좋아하는 소년들,

산뜻한 얼굴로 걸어가는 단정한 소녀들과 맨발의 흑인 소년 소녀.

그리고 그가 찾아간 온갖 도시와 농촌의 모든 변화.

그를 낳아주신 아버지와 뱃속에 품고 있다 낳아주신 어머니,

이 아이에게 이보다 훨씬 더 많은 것을 베푸신 아이의 부모님,
그들은 그 아이에게 날마다 계속 베풀었고 그 아이의 일부 되었네.

집에서 저녁 식탁에 조용히 접시들 놓으시는 어머니,
온화한 말투의 어머니, 깨끗한 모자와 가운 입고 지나갈 때 그녀의 몸과 의복에서 건강한 향내 배어 나오네.
강하고 자립적이고 남자답고 까다로운 아버지, 화가 나서 부당할 때도 있네.
구타, 빠르고 커다란 목소리, 긴장된 교섭, 교묘한 회유.
가문의 관습, 언어, 회사, 가구, 간절하고 부푼 마음,
부정하지 않을 애정, 비현실적이라고 판명날 생각일지라도 현실적인 것 같은 감각.
낮에 드는 의심과 밤에 드는 의심, 궁금한 여부와 방법,
그럴싸한 모습 정말 맞는 걸까, 아니면 그건 모두 겉만 번지르르한 허상일까?
거리에 빠르게 몰려다니는 남녀, 겉만 번지르르한

허상 아니라면 그들은 무얼까?

거리와 가옥의 겉모습 그리고 유리창 속 진열 상품들.
수레와 수레 끄는 소나 말, 무거운 널빤지를 댄 부두. 나루터를 지나는 거대한 배.
저녁노을 멀리 보이는 고산지대 마을, 그 사이를 흐르는 강.
그림자, 햇무리와 안개. 2마일 떨어진 곳 흰색과 갈색 지붕 박공으로 떨어지는 빛.
근처 나른하게 물결 따라 흘러가는 돛단배 하나, 뒤쪽에 느슨히 묶여있는 작은 배,
서둘러 곤두박질치는 파도, 빠르게 부서지는 물마루 찰싹거리네.
총천연색 구름, 홀로 외로이 밤색으로 물든 긴 모래톱, 순수함 가만히 발산하네.
수평선 끝, 날아오르는 바다 까마귀, 소금 늪지와 갯벌 냄새,
이것들, 날마다 떠났고 지금도 떠나고 날마다 여행 떠날 그 아이의 일부 되었네.

집 더이상 나에게 집 아니네

- 로버트 루이스 스티븐슨

집 더이상 나에게 집 아니네. 어디로 가야 하나?
배고픔에 쫓겨나는 가야 할 곳으로 떠나리.
언덕과 황폐한 땅 위로 겨울바람 차갑게 불어오고
세차게 비 뿌려대고, 내 지붕은 먼지로 가득해.
지혜로운 사람들 내 집 그늘 좋아했고
진정한 환영의 말 문에서 들렸지.
소중한 옛날, 불에 비치던 얼굴들,
오래된 친절한 친구들, 그대들 더이상 오지 않으리.

사랑하는 이여, 그때는 친절한 얼굴들로 가득했던 집이었지,
사랑하는 이여, 그때는 아이로 인해 행복 가득했던 집이었지,
황폐한 땅에 불이 있고 밝게 빛나던 창문,
노래, 아름다운 노래 황무지에 궁전을 지었지.

이제, 황폐한 땅 언덕배기로 새날이 동트면
그 집 외로이 서 있고 굴뚝 벽은 차디차지.
그 집 외로이 서 있으라지, 이제 친구들 모두 떠나고 없으니,
오래된 그곳을 사랑했던 친절한 마음, 진실한 마음의 친구들.

봄은 오리라, 다시 오리라, 멧새를 불러오리라.
봄은 태양과 비 데려오고 벌과 꽃들 데려오리라.
언덕과 계곡을 넘어 헤더 꽃 붉게 피어나리라.
잔잔히 흐르는 저녁 시간 시냇물 부드럽게 흐르리라.
내 어린 시절 비추던 대로 낮은 아름답게 빛나리라 -
문은 활짝 열리고 집에는 햇빛이 아름답게 비추리라.
새들 찾아와 거기서 울고 굴뚝에서 지저귀리라 -
그러나 나는 영원히 떠나가 더 이상 돌아오지 않으리라.

가장 아름다운 벚나무

– A. E. 하우스만

가장 아름다운 나무, 벚나무 지금
가지 따라 꽃망울 드리우고
부활절 맞아 흰옷 입고
수풀 길가에 서 있네.

내 일생 일흔 해 중에서
스물은 다시 오지 않으리니
일흔 번 봄에서 스물을 빼면
이제 오십만 남았네.

이제 꽃망울 드리운 나무 보기에
오십 번의 봄으론 충분치 않기에
나는 가리라, 숲으로
흰 눈 드리운 벚나무 보기 위해.

봄과 만물

- 윌리엄 칼로스 윌리엄스

전염성 병원으로 가는 길가
높아진 푸른 하늘 아래
동북쪽에서 밀려온
얼룩덜룩한 구름 — 찬 바람. 그 너머
황폐한 널따란 진흙밭
서 있거나 쓰러진 마른 잡초로 갈색이네.

물 고인 웅덩이들
여기저기 서 있는 키 큰 나무들.

길 따라 붉은빛, 자줏빛,
끝 갈라지고, 꼿꼿하고, 잔가지 많은
덤불 숲과 작은 나무들에 붙어있는
죽은 갈색 낙엽들
그 밑에 잎 떨어진 덩굴 —

겉보기에 생명 없어 보이지만 느릿느릿
얼떨떨한 봄 다가오네 —

그들 알몸으로 새 세상에 들어오네.
차디차게 그들이 온다는 것 외에는
아무것도 확정되지 않은 채. 주변엔 온통
차디차나 친근한 바람 —

오늘은 풀, 내일은
야생 당근의 심하게 구불거리는 잎사귀
하나씩 하나씩 물체의 모양새 드러나네 —
속도 빨라지네, 선명한 잎의 윤곽.

하지만 지금은 들어온다는
엄연한 위엄 — 그래도 엄청난 변화
그것들에 닥쳤네. 그것들 뿌리내리고
꽉 움켜쥐며 깨어나기 시작하네.

4월의 봄

- 에드나 세인트 빈센트 밀레이

4월이여, 그대 무슨 목적으로 다시 돌아오는가?
아름다움만으로는 충분치 않네.
그대 끈끈하게 펼쳐지는 작은 이파리의
붉음만으로는 더 이상 나를 침묵시킬 수 없네.
내가 뭘 하는지 나 알아.
크로커스 꽃의 이삭 모양 꽃차례 보고 있는데
태양이 내 목 따갑게 비추네.
흙냄새 너무 좋아.
죽음 따윈 없다는 것 명백하네.
하지만 그게 무슨 대수인가?
구더기에게 파먹힌 사람들의 뇌
땅속에만 있는 것 아니잖아,
삶 그 자체가
아무것도 아니잖아.
텅 빈 잔, 카펫이 깔리지 않은 한 줄로 이어진 계단.

해마다 이 언덕 아래로
4월이
재잘대고 꽃 뿌리며 바보처럼 오는 것으로는 충분치 않네.

오래된 5월의 노래

- 작자 미상

이 즐거운 저녁에 우리 모두 함께 오리라.
여름이 그토록 싱싱하고 푸르고 즐겁게 피어오르네,
온갖 나무에 솟아나는 꽃봉오리 이야기 그대 귀에 들려주리라.
즐거운 5월이 가까이 다가오네.

일어나라 이 집의 주인이여, 그대 매력 있는 황금의 옷 입어라.
여름이 그토록 싱싱하고 푸르고 즐겁게 피어오르네.
너무 무례하게 그대 이름 불러도 마음 상하지 말고 자부심 느껴라.
즐거운 5월이 가까이 다가오네.

일어나라, 이 집의 여주인이여, 가슴을 황금으로 장식하라.

여름이 그토록 싱싱하고 푸르고 즐겁게 피어오르네.
혹 그대 몸 피곤할지라도 그대 영혼 편히 쉬기 바라네.
즐거운 5월이 가까이 다가오네.

일어나라, 이 집의 어린아이들이여, 모두 다 화려한 옷 입어라.
여름이 그토록 싱싱하고 푸르고 즐겁게 피어오르네.
그리고 그대 머리카락 은그릇처럼 반짝이리라.
즐거운 5월이 가까이 다가오네.

신이시여, 이 집과 정자, 당신의 재물과 물품으로 풍성하게 하소서.
여름이 그토록 싱싱하고 푸르고 즐겁게 피어오르네.
신이시여, 지금도 앞으로도 영원히 번성하게 하소서.
즐거운 5월이 가까이 다가오네.

이제 여기 평화와 풍요 속에 우리 그대 남겨두고 떠나야 하리라.
여름이 그토록 싱싱하고 푸르고 즐겁게 피어오르네,
내년이 오기 전 두 번 다시 그대 5월을 노래하지 않으리라.
이 차가운 겨울 당신에게서 사라지기까지.

여름

나 그대 여름날에 견줄까요?

– 윌리엄 셰익스피어

나 그대 여름날에 견줄까요?
그대가 더 사랑스럽고 더 온화해요.
거친 바람 어여쁜 오월의 꽃봉오리 흔들어대고
여름의 시간 너무너무 짧아요.
때때로 하늘의 눈 너무나 뜨겁게 빛나고
그의 금빛 얼굴 종종 흐려지네요.
모든 아름다움 때때로 그 아름다움 쇠퇴하고
우연이나 자연의 변화로 고운 치장 사라졌어요.
그러나 영원한 그대의 여름날 절대 시들지 않고
그대가 소유한 그 아름다움도 잃지 않아요.
죽음도 그대가 자기 그늘 속에서 배회한다고 자랑하지 못하고
그대 영원한 시편 속에서 시간과 함께 성장해요.

사람들이 숨 쉴 수 있고 눈으로 볼 수 있는 한
이 시편 오래오래 살면서 그대에게 생명을 주지요.

니르키소스를 향한 메아리의 탄식

-벤 존슨

천천히 천천히 싱싱한 샘이여, 짜디짠 내 눈물에 호흡을 맞추어라.
그러나 더 천천히. 오, 아련하게 부드러운 샘물이여,
음악이 담고 있는 울적한 부분에 귀 기울여라.
그녀는 노래할 때 온몸이 찢어지도록 비통함을 쏟아내지.
휘늘어진 허브와 꽃들.
소낙비처럼 쏟아지는 슬픔.
우리의 아름다움 우리 것 아니지.
오, 나 아직도
바위투성이 언덕 위에서 녹아내리는 눈처럼
스러지고, 스러지고, 스러지고 스러질 수 있으리라.
자연의 자랑은 이제 시들은 한 송이 수선화이기에.

여름

- 제임스 톰슨

아름답게 펼쳐진 하늘 아래 밝게 빛나는 들판으로부터
태양의 아이, 찬란한 여름이 오도다.
젊음을 자랑하고 자연의 깊이를 통해 느껴지는 여름이.
후텁지근한 시간이 그를 수행하고
그의 길목에는 끊임없이 부채질하는 산들바람 동반하도다.
돌아서는 봄은 여름의 열렬한 눈길로부터
부끄러운 얼굴을 돌리고, 땅과 하늘
얼굴에 함박웃음 띄우고 그 뜨거운 영토로 떠나도다.

그러니 어둠 속에서 헤매는 햇살이 거의 없는
숲 한가운데 그늘진 곳으로 나 서둘러 들어가게 해주오.

그리고 바위가 많은 해협 너머로 유령이 출몰하는 개울물
떡갈나무 뿌리 옆으로 졸졸 흘러 들어가는데 그 개울가
검푸른 녹색 풀 위에 나 자유롭게 누워
순환하는 한 해의 영광을 노래하게 해주오.

노래

- 윌리엄 블레이크

이 들판 저 들판 나 진정 즐겁게 배회하며
여름의 모든 자존심 맛보았도다.
그러던 중 햇살 내리쬐는 기둥을 미끄러져 내려가는
사랑의 왕자 보았도다.

그는 내 머리를 백합꽃으로 장식해주었고
내 이마에 붉어가는 장미꽃을 걸어주었도다
그는 자신의 모든 황금빛 즐거움이 자라고 있는
아름다운 정원으로 나를 인도했도다.

달콤한 5월의 이슬로 축축해진 나의 날개,
열정으로 가득한 나의 노래 폭발시킨 태양의 신 포이보스(아폴론).
그는 비단 그물로 나를 붙잡아
그의 황금 새장에 나를 가두었도다.

그는 가만히 앉아 내 노랫소리 듣기를 좋아했고
그리고는 깔깔대고 웃으며 나와 함께 즐겁게 놀고 장난치도다.
그런 다음 나의 황금 날개 펼쳐놓고
사라진 내 자유를 조롱한다.

붉디붉은 장미꽃

- 로버트 번즈

오 내 사랑, 6월에 새로이 피어난
붉디붉은 장미꽃 같아요.

오 내 사랑, 가락에 맞추어 감미롭게 연주된
선율 같아요.

어여쁜 나의 아가씨, 참으로 아름다운 그대여,
그대를 향한 내 사랑 깊고도 깊어.

그리고 내 사랑아, 그대 나 영원히 사랑하리,
모든 바다 말라버릴 때까지.

내 사랑아, 모든 바다 말라버릴 때까지
그리고 태양으로 바위들이 녹아내릴 때까지.

오 내 사랑아, 그대 나 영원히 사랑하리,
인생의 모래알 모두 흘러내릴 때까지.
그러니 내 유일한 사랑아, 잘 지내시오,
얼마간 잘 지내시오!

내 사랑아, 나 다시 돌아오리.
비록 만 마일이라도.

어느 여름날 저녁

- 윌리엄 워즈워스

어느 여름날 저녁 (자연에 이끌려 나가)
버드나무에 묶여있는 작은 배 한 척
평상시 정박해있던 바위 동굴 안에서 나 보았다.
곧바로 쇠사슬 풀고 배에 올라타
기슭에서 밀쳐냈다. 그것은 은밀한 행동이었고
불안한 즐거움이었다. 산 메아리 소리 들리는데
내가 탄 배 미끄러져 나갔다.
배 뒤에서는 양편으로 달빛을 받아 번쩍이는
자그마한 원형 파문이 한가로이 노닐다가
마침내 그것들은 모두 반짝거리는
한줄기 빛 속으로 녹아들었다. 하지만 이제
흔들림 없이 똑바로 목표지점에 이르기 위해
제 기술 뽐내며 노를 젓는 사람처럼
나는 지평선의 마지막 경계인 험준한 산마루
꼭대기에 시선을 고정했다. 그 위로는

별들과 흐린 하늘밖에 없었기에.
그 배는 요정 같은 작은 쌍돛대 배, 나는 활기차게
고요한 호수에 노를 내리고
힘껏 저으며 몸을 일으키면 내 배는
백조처럼 물살 헤치며 미끄러져 나갔다.
그 순간 여태껏 지평선의 경계였던 가파른 절벽 뒤에서
시커멓고 거대한, 거대한 봉우리가
마치 자발적인 권력 본능이라도 치밀어오른 듯
불쑥 고개를 쳐들었다. 나는 노를 젓고 또 저었다.
그 음산한 형체는 크기가 점점 더 커지더니
나와 별들 사이에 탑처럼 높이 서 있었다. 그리고
그것은 살아있는 생명체처럼 신중한 동작으로
자기만의 목적이라도 있는 양 성큼성큼 내 뒤를
따라왔다. 부들부들 떨리는 노를 저어 방향을 돌려서,
고요한 수면을 가르며 버드나무 있는
은신처로 나는 살며시 되돌아왔다.
타고 온 돛단배 거기 계류장에 남겨놓은 채 -
평원을 지나 심각하고 진지한 기분에 잠겨
집으로 향했다. 하지만 그런 어마어마한 광경을
목격한 후 내 머릿속은 몇 날 며칠을

알 수 없는 존재 양식에 대한 희미하고 분명치 않은
감각으로 복잡했다. 내 상념들 위로
암흑이 드리워져 있었다. 고독이라고 할까,
아니면 텅 빈 황폐한 마음이라고 할까.
낯익은 형체 전혀 없었고, 유쾌한 나무의 형상도
바다나 하늘의 형상, 푸른 초원의 색깔도 전혀 없었다.
그러나 산 사람들처럼 살아가지 않는 거대하고 강력한 형태들이
낮에는 나의 마음속에서 천천히 헤집고 다니다가
밤에는 꿈속에 들어와 난동을 부렸다.

여름의 마지막 장미꽃

- 토머스 무어

여름의 마지막 장미꽃
홀로 남아 피어 있네.
사랑스러운 그녀의 벗들 모두
시들어 사라졌네.
친척 꽃 한 송이
꽃봉오리 하나 가까이 없어
빨개진 그녀 얼굴 비춰주지 못하고
한숨에 한숨으로 대꾸하지 못하네.

그대 외로운 장미여, 나 그대
줄기에서 수척해지게 버려두지 않으리라.
아름다운 꽃들 잠들어 있으니
그대도 가서 함께 잠들어라.
그러면 나 친절히 그대 잎들
뿌려주리라.

정원의 그대 친구들
향기 잃고 죽어 있는 꽃밭에다.
나도 곧 그대 뒤를 따르리라.
우정이 시들해지고
그리고 빛나는 사랑의 원에서
보석들 떨어져 나갈 때.
진정한 마음의 친구들 시들어 죽고
정든 이들 날려갈 때.
오! 이 황량한 세상을
어느 누가 홀로 살려 할까?

나 자신의 노래 I

- 월트 휘트먼

나 나를 찬양하고 나를 노래한다.
그리고 나 추정하는 것 그대도 추정하리.
내게 속한 모든 원자 그대도 똑같이 가졌으니.

나 빈둥거리며 내 영혼 초대한다.
나 편한 대로 기대어 빈둥거리며 여름 풀줄기 관찰하네.
내 혀, 내 피의 모든 원자 이 흙, 이 대기에서 만들어졌으니.

나 여기서 부모로부터 태어났고 내 부모 또한 그들 부모에게서
또 그들도 그들의 부모로부터 태어났다.
나 지금 37세 나이로 아주 건장하게 시작하며
죽을 때까지 중단되지 않기를 바라네.

나 믿음 생활이나 학업은 보류한다.

현재 상태로 충분하여 잠시 물러나지만 절대 잊지 않으리.

나 좋건 나쁘건 모두 수용하고 모든 위험 무릅쓰고 마음껏 말하네,

아무런 제약 없이 원초적 힘을 지닌 자연을.

여름에 새들보다 더 멀리

- 에밀리 디킨슨

여름에 새들보다 더 멀리
풀밭에서 애처롭게
조그만 곤충들 축하를 한다,
야단스럽지 않은 그 미사를.

전혀 드러나지 않는 종교적 법령
너무나 서서히 나타나는 은총
수심에 찬 관습되어
외로움을 더해준다.

정오에 느껴지는 고풍스러움
8월이 낮게 타오를 때
안식을 특징 삼은
유령 같은 이 찬미가 시작된다.

아직은 어떤 은총도 거둬들이지 마라.
벌겋게 상기된 얼굴 주름 하나도 없다.
하지만 드루이드교[4]의 차이는
지금 자연을 강조한다.

---

4 드루이드 교 : 켈트 이교, 만물에 정령이 깃들어 있다고 여김.

미친 정원사의 노래

- 루이스 캐럴

그는 코끼리 한 마리 보았다고 생각했네.
파이프 연습하는 코끼리를.
그는 또다시 보고 알았네. 그게
아내에게서 온 편지임을.
"드디어 알게 되는구나, 인생의 쓴맛을!"
그는 말했네.

그는 물소 한 마리 보았다고 생각했네.
벽난로 위에서.
그는 또다시 보고 알았네. 그게
누이 남편의 조카인 것을.
"네가 만일 이 집에서 나가지 않으면,
경찰을 부르겠어!" 그는 말했네.

그는 방울뱀 한 마리 보았다고 생각했네.

그리스어로 그에게 질문하는 방울뱀을.
그는 또다시 보고 알았네. 그게
다음 주 중간이라는 것을.
"내가 한 가지 애석해하는 것은
그게 말을 할 수 없다는 거라네!" 그는 말했네.

그는 한 은행원을 보았다고 생각했네.
버스에서 내리는 것을.
그는 또다시 보고 알았네. 그게
하마라는 걸.
"만약 하마가 정찬을 먹겠다고 계속 머무른다면
우리 먹을 게 많지 않을 텐데!" 그는 말했네.

그는 캥거루 한 마리 보았다고 생각했네.
커피 공장에서 일하는 캥거루를.
그는 또다시 보고 알았네. 그게
채소로 만든 알약임을.
"만약 이걸 삼켜야 한다면 몹시 아플 텐데!"
그는 말했네.

그는 4두 마차 보았다고 생각했네.

침대 옆에 서 있는 마차를.
그는 또다시 보고 알았네. 그게
머리 없는 곰임을.
"불쌍한 것, 먹이 주기를 기다리고 있구나!
어리석고 불쌍한 것!" 그는 말했네.

그는 앨버트로스 새 한 마리 보았다고 생각했네.
램프 주위에서 팔딱이는 새를.
그는 또다시 보고 알았네. 그게
1전짜리 우표라는 걸.
"집에 가는 게 좋을 텐데" 그는 말했네.
"밤엔 매우 축축할 거야!"

그는 정원 문을 보았다고 생각했네.
열쇠가 꽂힌 채 열려 있는 문을.
그는 또다시 보고 알았네. 그게
복비례 규칙이라는 걸.
"그리고 그 모든 신비 나에게는
대낮같이 분명해!" 그는 말했네.

그는 주장 하나 보았다고 생각했네.

그가 교황임을 증명하는 주장을.
그는 또다시 보고 알았네. 그게
얼룩덜룩한 비누라는 걸.
“끔찍한 사실은 모든 희망을 없애버리지!”
그는 힘없이 말했네.

8월

– 앨저넌 찰스 스윈번

빨간 사과 4개 가지에 달려 있었죠.
반은 황금빛, 반은 붉은빛. 그래서 누군가 알았죠.
붉은 핏빛으로 사과 속 익고 있다는 걸.
나무 잎사귀 색깔은
온통 황금빛으로 물든 6월의 초원을 가로질러
자라나는 노란 옥수수 줄기 같았죠.

따스한 과일 냄새 먹기에 좋았죠.
분할된 녹색 숲,
갈라진 나뭇결마다 자라나는 이끼
얼룩과 수염 난 입술 가득했죠.
햇빛이건 훙겨운 빗속이건
누워있건 서 있건 참으로 즐거웠죠.

사과 4개 나무에 달려 있었죠.

황금빛에 붉은빛 물든 사과, 모든 사람 보았죠.
태양이 속부터 겉까지 따사롭게 데워졌다는 걸.
뒤에다 황금빛 사과 숨겨놓은 녹색 잎사귀들
나를 위해 예비해둔 그 부드러운 곳에서
여름의 눈을 가려버렸죠.

나무 잎사귀 태양을 가로질러 황금빛 붙잡았죠.
푸르고 푸른 하늘이 시작되는 곳에서
열기 식혀줄 노래 갈망했죠.
내 여인의 발 만져보기 위해
하루가 끝나기 전 가까이 다가갈 때
양쪽 입술 그것을 꿈꾸며 말라버렸죠.

꿀 벙어리 8월 오후
그들은 은빛 하늘에서 들려오는
설익은 음악 소리에도 전율했죠.
그곳에 머문다는 건 커다란 즐거움이었죠.
녹색은 거무스름해지고 달님은
옥수수 다발 금빛 머리칼로 물들였지요.

그 8월은 기쁨이었죠.

깊게 파인 회색의 사과나무 줄기 사이로
붉은 달이 하얗게 기우는 걸 보았죠.
무겁게 느껴지는 조화로운 감각
참을성 많은 밤이 깊어갈수록 예민해졌죠.
음악은 날카롭기보다 달콤했고요.

하지만 달이 떠오르기 3시간 전
정오의 열기로 여전히 조바심치던 대기는
완전히 죽지 않고 축 늘어져 있었죠.
줄기에 내 머리를 기대니
그 색깔 하나의 곡조처럼 나의 맘을 달래주었죠.
황금빛 붉은빛을 온통 둘러싼 녹색 잎사귀들.

나 그곳에 누웠어요, 따스한 향내
좀 더 날카로워질 때까지. 노란 이슬 조각들
농익어버린 둥근 잎사귀들 사이에서
먼지와 물기로 껍질을 더럽혔고, 나는 들었죠.
불어대고 숨을 쉬고 또 불어대는 바람 소리를.
하지만 너무 약해 한마디도 바꿀 수 없었죠.

부드러운 열매 옆의 젖은 잎사귀들

한층 더 부드럽게 느껴졌고 갈색의 나무뿌리
곰팡이 더 따스하게 느껴졌죠. 나 또한 느꼈죠.
(하루가 소리 없이 타오를 때 물을 통해
천천히 녹아내린 황금을 물이 느끼듯이)
사랑이 거주하는 평화의 시간을.

사과 4개 나무에 달려 있었죠.
붉은빛에 황금빛 물든 사과, 모든 사람 보았죠.
달콤한 핏물 속속들이 채워졌다는걸.
그녀의 머리카락 색깔은
수확의 가운데 층에서 베어낸
아름답고도 희미한 황금 줄기 같았죠.

해변에서 자라는 양귀비

- 로버트 브리지스

해변에서 자라는 양귀비 한 송이,
늦은 여름 꽃망울 두 개 터트리네.
잎사귀는 청록색과 황토색
꽃잎은 노랗고 가냘프네.

그녀는 종종 사촌들 생각에 잠기는데,
그들은 그녀 걱정하는지 궁금하네.
이슬 대신 물보라로 배를 채우고
바다를 휩쓰는 강풍 속에 사로잡힌 그녀를.

그녀는 기품있는 밀과 함께 춤추는
빨간 친구와 달리 애인 하나 없네.
파도 위로 그녀의 꽃들 떨어지는데
거기서 벌벌 떨며 쓸쓸히 서 있네.

숲으로 난 길

- 루디야드 키플링

사람들 숲으로 난 길 막았네,
70년 전에.
기후와 비 그 길 다시 없애버려,
당신은 이제 결코 알 수 없으리
사람들 나무 심기 전에는
그곳에 한때 숲으로 난 길 있었다는 것을.
그 길 잡목림과 히이스
그리고 가냘픈 아네모네 나무 아래 있었네.
오직 산지기는 알고 있네.
양비둘기 알을 품고
오소리들 편안하게 뒹굴고 있는 곳,
그곳에 한때 숲으로 난 길 있었다는 것을.

하지만 여름날 늦은 저녁 만약 당신이
숲으로 들어간다면,

송어 그득한 연못 위로 밤공기 시원하고
수달은 휘파람으로 자기 짝 불러낼 때,
(숲속 동물 사람 무서워하지 않아
사람 볼 기회 거의 없으니까)
당신은 말발굽 소리와
이슬 속에서 옷자락 스치는 소리 들으리.
그들은 안개 자욱한 고독한 길을
통해 꾸준히 말을 몰겠지.
마치 숲으로 난 오래된
잃어버린 길을 완벽하게 아는 것처럼…….
하지만 이제는 숲으로 난 길 없네!

흰 새들

- 윌리엄 버틀러 예이츠

내 사랑아, 우리가 바다 물거품 위를 나는 흰 새면 좋겠소.
사라져 없어지는 별똥별의 불꽃에 벌써 싫증나고
하늘 테두리에 낮게 걸린 황혼의 푸른 별 불꽃이
내 사랑아, 우리 가슴에 사라지지 않을 슬픔 일깨워 주었다오.

이슬 맺힌 백합과 장미 같은 저 몽상가들 이제는 지겹소.
아, 내 사랑아, 사라지는 별똥별의 불꽃이나 떨어지는 이슬에
나직이 걸려 머뭇거리는 푸른 별의 불꽃도 더는 꿈꾸지 맙시다.
당신과 나, 떠도는 바다 물거품 위를 나는 하얀 새들 되기 바라니까요!

수많은 섬과 수많은 다나안 해안들 생각에서 나 벗어날 수 없소.

그곳에선 분명 시간이 우리를 잊을 테고 슬픔도 더 이상 우리 가까이 오지 못하리.

머지않아 장미와 백합 그리고 초조한 불꽃으로부터 우리 벗어나리.

내 사랑아, 우리가 단지 바다 물거품 위를 떠도는 흰 새면 좋겠소!

무더위

- 힐다 두리틀

아, 바람아, 이 무더위 잡아 찢어라.
이 무더위 칼로 갈라버려라.
이 무더위 갈기갈기 찢어버려라.

과일은 떨어질 수 없어
이 탁한 공기를 뚫고 -
뾰족한 배 눌러
뭉툭하게 만들고
포도를 둥글게 만드는
무더위의 덫에 과일은 빠져들 수 없어.

이 무더위 잘라버려라 —
이 무더위 갈아엎어라.
그대 길 양편으로
그 방향 돌려놓아라.

여름 휴가

- 로빈슨 제퍼스

태양이 소리치고 사람들 넘쳐날 때
석기시대, 청동기시대, 철기시대 있었다고
생각하네. 쇠는 불안정한 금속,
쇠로 만든 강철 역시 어미처럼 불안정하네. 높이 쌓아 올린 도시들
석고 더미 위에 남은 녹슨 자국들 되리.
식물 뿌리 한동안 이 무더기 뚫지 않고, 친절한 비 그것들 치유하리.
하지만 철기시대 흔적 하나도 남지 않으리.
한 조각 넓적다리뼈로 남는 이 모든 사람,
세상의 생각 속에 껴들어 간 한 편의 시, 쓰레기 더미 속
유리 파편들, 저 멀리 산속에 남은 콘크리트 댐 …

가을

한 처녀 사랑했어

- 조지 위더

한 처녀 사랑했어, 어여쁜 그녀를,
여태껏 그토록 어여쁜 여인 없었지.
정말로 그녀는 드물게 예뻤어.
마치 시바의 여왕 같았지.
하지만 그때 나는 아주 바보였어,
그녀도 나를 사랑한다고 여겼지.
그러나 아! 지금 그녀는 나를 두고 떠나가버렸어.
팔레로, 레로, 루….

그리고 우리 함께 여기저기 거닐었어.
연인들은 그렇게 하지.
가끔은 달콤한 이야기도 나누었어.
태양이 슬쩍 입맞추려 했지.
그녀 입술에 불어오는 바람
역시 아주 달콤했지.

그러나 아! 지금 그녀는 나를 두고 떠나가버렸어.
팔레로, 레로, 루!
흥겨운 만남
내 사랑과 나 셀 수 없이 많이 했지.
내 유일한 사랑 그녀,
내 가슴을 기쁨으로 가득 채웠지.
그녀 눈에 고인 눈물,
마치 아침이슬 같았지.
그러나 아! 지금 그녀는 나를 두고 떠나가버렸어.
팔레로, 레로, 루!

체리같이 붉었던 그녀의 뺨,
눈처럼 하얗던 그녀의 피부,
신나고 즐거울 때의 그녀
마치 천사와도 같았지.
지극히 가늘었던 그녀의 허리,
다섯 문짜리 신발이 맞던 그녀의 작은 발.
그러나 아! 지금 그녀는 나를 두고 떠나가버렸어.
팔레로, 레로, 루!

여름이건 겨울이건

마음 가는 대로 했던 그녀.
그녀에게 사탕, 백포도주, 따뜻한 불
아끼지 않았던 것 참으로 잘한 일이었어.
세상은 예전처럼 굴러갔고,
우리에게 걱정거리 전혀 없었지.
그러나 아! 지금 그녀는 나를 두고 떠나가버렸어.
팔레로, 레로, 루….

이제 어떤 재물도 나 일으켜 세울 수 없고
어떤 빈곤도 나 절망케 하지 못하리.
어떤 불행도 나 놀라게 할 수 없고
궁핍함도 나 걱정하지 않으리.
나는 세상 그 자체를 잃어버렸어.
이 지상의 천국이여, 안녕,
아! 그녀 나를 두고 떠나가버렸어.
팔레로, 레로, 루….

하얀 섬
- 로버트 헤릭

이 세상 꿈의 섬에서,
우리 슬픔의 냇가에 앉아 있을 때
눈물과 두려움은 우리의 주제,
암송하네.

하지만 우리 이곳에서 일단 날아올라
젊음의 영원으로
점점 더 가까이 다가갈수록
연합하네 -
더 하얘진 그 섬, 그곳에서
모든 것 언제나 진지하고,
여기는 솔직함, 저기는 광채로
많은 기쁨 주네 -
그곳, 어떤 악마 같은 환상도
지옥에서 공포를 일으키는 소리

만들어내거나 두려움 전혀
일으키지 못하네.
그곳, 차분하고 냉정한 잠 속에서
우리의 눈 절대 감기지 않네.
하지만 영원한 시계는 계속 살아서
주의를 기울이네.
나 그리고 당신에게 영원성 주고자
노력하는 그런 즐거움
그리고 생생한 기쁨 결코
끝이 없으리.

가을

– 제임스 톰슨

낫과 밀 다발로 장식하고
노란 들판 위에서 머리를 까닥이며 가을이
명랑하게 등장하도다. 다시 한 번 나 기쁜 마음으로
도리아식 갈대 피리 불도다. 질소 머금은 겨울 서리
무엇을 준비하던, 다채로운 꽃을 피우는 봄은
하얀 약속 제시하고, 여름 해님은
이제 경계 없는 강력한 기쁨 만들어내어 모든 것 풍성하고
완벽한 것 보게 하니 나의 영광스러운 주제 풍성하도다.

천천히, 천천히! 그대 이름 은총 되길 원하는 뮤즈 여신이여,
영감을 노래에 불어넣어 품위 있게 만들어라.
그대의 부드러운 귀 잠시 대중의 소리에서 벗어나

집중하리라. 그대의 숭고한 근심 걱정 뮤즈 여신 알
도다.
그대 생각의 폭 넓히는 애국심 나래를 펼치더니
그대 가슴속에서 벌겋게 불타오르도다.
그동안 경청하던 의원들 그대 말솜씨에 좌우되더니
웅변의 미로 통해 넘겨주도다.
뮤즈의 노래보다 더 달콤한 간행물 두루마리를.

외로운 추수꾼

- 윌리엄 워즈워스

보라, 들녘에서 홀로 일하는
저 외로운 하일랜드 아가씨!
혼자 추수하며 노래하네.
여기서 걸음을 멈추어라, 아니면 조용히 지나가라!
혼자 힘으로 그 처녀 곡물을 베고 묶으며
구슬픈 노래 부르네.
오 귀 기울여라! 깊은 골짜기에
그녀의 노랫소리 넘쳐 흐르니.

어떤 나이팅게일도
아라비아 사막 가운데 어느 그늘진 곳에서
쉬고 있는 피곤한 여행자 무리에게
이보다 더 반가운 노래 불러준 적 없었네.
이토록 짜릿한 목소리 한 번도 들어본 적 없었네.
봄철에 뻐꾸기도 이렇게 노래한 적 없으니.

그 머나먼 헤브리디스 제도 사이에
바다의 침묵을 깨뜨리네.
저 아가씨 무슨 노래 부르는지 나에게 알려줄 사람 없을까? -
아마도 저 처량한 노래는
머나먼 옛날의 불행한 일들과
오래전 있었던 전쟁 이야기이리라.
아니면 요즘에 흔한 일들을 말하는
좀 더 소박한 노래인가?
과거에도 있었고 앞으로도 또 있을
자연스러운 어떤 슬픔, 상실, 고통을 노래하나?

주제가 무엇이든 그 아가씨 노래했네.
마치 끝이 없을 노래인 것처럼.
낫을 들고 허리 굽혀 일하면서
노래하는 아가씨 나 보았네.
꼼짝 않고 조용히 나 귀 기울였네.
그리고 언덕 위로 올라온 내 귀에
그 노랫소리 더는 들리지 않는데
오래도록 내 가슴속에 남아 있었네.

가을에게

-존 키츠

1

안개와 감미로운 결실의 계절
원숙한 태양의 단짝 친구.
초가집 처마 둘러친 포도 덩굴
어떻게 축복의 열매로 짐 지울지 태양과 공모하네.
이끼 낀 오두막집 나무들 사과 열매로 휘어지게 하고
온갖 과일 속속들이 익게 하세.
호리병 박 부풀리고, 개암 껍질
달콤한 알맹이로 통통하게 살찌우세. 꿀벌을 위해
후일의 꽃봉오리 더 많이 더 많이 싹틔우세.
꿀벌들 따사한 날 절대 끝나지 않을 거로 여기게 하세.
여름이 끈적끈적한 벌의 집들 흘러넘치게 하였네.

2

그대 저장소에서 누가 그대 종종 보지 못했는가?

누구라도 집 밖에서 때때로 서성대는 자 발견할 수 있네.

곡물창고 바닥에 무심히 앉아 살랑살랑 불어오는 바람에

머리카락 부드럽게 휘날리는 그대를.

아니면 반쯤 수확한 고랑에 곤히 잠들어 있는 그대를.

그대의 낫 다음번 벨 줄과 휘감긴 꽃들 모두 남겨놓고

양귀비 향기에 취해 있는 그대를.

그리고 때때로 이삭 줍는 사람처럼 짐을 인 머리를

개울 건너며 똑바로 가누는 그대를.

또는 사과 압축기 옆에서 느긋한 시선으로

시시각각 흘러내리는 마지막 방울을 지켜보는 그대를.

3

봄의 노래 어디 있는가? 그래 맞아. 어디 있는 거야?

봄의 노래 생각지 마라, 그대도 그대 노래 있으니 -

가로막힌 구름으로 부드럽게 사라지던 하루는 생기를 띠고

텁수룩한 들판을 장밋빛으로 물들이네.

그때 강가 버드나무 사이에서 작은 각다귀들
산들바람 일거나 스러질 때 떼를 지어
높이 솟거나 낮게 날며 애틋하게 애통함을 함께 노래하네.
충분히 자란 양들 언덕배기에서 매애 하고 큰 소리로 울어대네.
산울타리 귀뚜라미 노래하고, 이제는 부드러운 고음으로
붉은 울새 채마밭에서 휘파람 부네.
그리고 하늘에선 모여드는 제비 무리 지지배배 지저귀네.

광채가 성벽 위로 떨어지도다

- 앨프레드 테니슨

광채가 성벽 위로 떨어지도다.
그리고 이야기 속 오래된 눈 덮인 산꼭대기 위로.
기다란 빛 호수를 가로질러 번쩍이고
거친 폭포수 영광 속에 뛰어오르도다.
불어라, 나팔아, 불어라, 야생의 메아리 소리 울려 퍼지게 하라.
불어라, 나팔아. 응답하라, 점점 더 약해지고, 약해지고 약해지는 메아리야.

오 잘 들어라, 오 들어! 얼마나 가늘고 분명하게
그리고 더 가늘게, 더 분명하게, 더 멀리 가고 있도다!
오, 달콤하도다, 저 멀리 절벽과 낭떠러지에서 불어오는
엘프랜드의 뿔피리 소리 희미하게 불어오도다!
불어라, 우리 자줏빛 좁은 협곡들 응답하는 소리 들

어보자.

불어라, 나팔아. 응답하라, 점점 더 약해지고, 약해지고 약해지는 메아리야.

오 사랑이여, 메아리 저기 풍요로운 하늘에서 죽어가고
언덕에서, 들판에서, 강에서 희미해지도다.
우리의 메아리 영혼에서 영혼으로 굴러가고
영원히 영원히 자라나도다.
불어라, 나팔아, 불어라, 야생의 메아리 소리 울려 퍼지게 하라.
그리고 응답하라, 메아리야, 응답해, 점점 더 약해지고, 약해지고 약해지도다.

장난치는 독수리들

- 월트 휘트먼

강 길 따라 걷노라니 (내 아침 산책길이요, 내 휴식일세)
하늘을 향해 갑작스레 바스락 소리 내며 독수리들 장난치며 올라가네.
높은 공중에서 둘이 함께 서둘러 애틋하게 몸 맞댄 채
매듭처럼 꽉 맞물려 있는 발톱들, 살아있는, 격렬한, 나선형으로 도는 바퀴네,
네 개의 퍼덕이는 날개, 두 개의 부리, 팽팽히 몸싸움하며 소용돌이치는 한 덩어리
뭉쳐진 고리 되어 구르고 회전하며 아래를 향해 수직으로 떨어지네.
마침내 강 위에서 아슬아슬 자세 취하고, 둘이지만 하나로, 한순간 잠잠하다가
공중에서 움직이지 않고 여전히 균형 잡던 두 독수리 발톱 풀고 갈라지네
느리지만 강한 날개짓 비스듬히 하고 다시 솟아올

라 각각의 방향으로 날아서
　암독수리 자기 길로, 수독수리 자기 길로 가네.

좀 더 빨리 걸을래?

- 루이스 캐럴

"좀 더 빨리 걸을래?" 대구가 달팽이에게 말했네.
"우리 바로 뒤에서 돌고래가 내 꼬리를 밟으려고 하고 있어.
바닷가재와 거북들이 모두 다 얼마나 열심히 전진하는지 보렴!
모두가 조약돌 해변에서 기다리고 있어. 너도 가서 함께 춤출래?
출래, 말래, 출래, 말래, 함께 춤출래?
출래, 말래, 출래, 말래, 함께 춤추지 않을래?"

"진짜로 넌 짐작도 못 할 거야, 얼마나 즐거울지!
그들이 바닷가재들과 함께 우리를 들어올려 바다로 내던지면."
그러나 달팽이는 "너무 멀어, 너무 멀잖아!"라고 응답하며 곁눈질로 흘끔 보았네 -

달팽이는 진심으로 고맙긴 한데, 함께 춤추지 않겠다고 대구에게 말했네.

추지 않을래, 출 수가 없어, 추지 않을래, 출 수가 없어. 함께 춤추지 않을래.

추지 않을래, 출 수가 없어, 추지 않을래, 출 수가 없어. 함께 춤출 수가 없어.

"멀리 가는 게 어때서 그래?" 비늘 달린 친구가 대꾸했네.

"있잖아, 바다 저쪽에도 또 다른 해변이 있단 말이야.

영국에서 멀어지면 멀어질수록 프랑스에는 가까워지잖아 -

그러니 사랑하는 핼쑥한 달팽이야, 돌아서지 말고 가서 함께 춤추자.

출래, 말래, 출래, 말래, 함께 춤출래?

출래, 말래, 출래, 말래, 함께 춤추지 않을래?"

작별

- 앨저넌 찰스 스윈번

나의 노래여, 이제 우리 떠나자. 그녀는 듣지 않을 테니.
우리 두려워 말고 이제 함께 떠나자.
지금은 침묵을 지키자. 노래하는 시간은 끝이 났으니,
그리고 오래된 모든 것들과 소중한 모든 것들도 끝이 났어.
우리가 그녀를 사랑하는 만큼 그녀는 너도 나도 사랑하지 않아.
그래, 우리가 천사들처럼 그녀의 귀에 대고 노래했는데도
그녀는 들으려 하지 않았어.

우리 일어나 떠나자. 그녀는 알지 못할 테니.
우리 엄청난 바람이 부는 바다로 가자,
바람에 날리는 모래와 거품 가득한 곳으로. 여기 있

으면 뭐하니?
  아무런 도움이 안 돼. 이 모든 게 그렇잖아.
  그리고 온 세상이 눈물처럼 쓰디쓰잖아.
  그리고 이 상황이 어떠한지 너는 그토록 보여주려 애쓰는데
  그녀는 알려 하지 않았어.

  우리 이제 떠나서 쉬자. 그녀는 사랑하지 않을 테니.
  우리는 사랑에 많은 꿈과 지킬 날들을 주었어.
  향기 없는 꽃들과 자라지 않을 열매도 주었고,
  "그대가 원한다면 낫을 들고 추수하렴"하고 말했지.
  이제 모두 추수되었고, 베어낼 풀 하나 남지 않았어.
  그리고 씨를 뿌린 우리는 모두 잠들어 있는데
  그녀는 울려 하지 않았어.

  우리 이제 떠나서 쉬자. 그녀는 사랑하지 않을 테니.
  우리가 이것을 노래해도 그녀는 듣지 않을 테니.
  또 사랑의 방식이 얼마나 고통스럽고 힘겨운지 알려 하지 않을 테니.
  그러니 이리 와. 그냥 내버려 두고 가만히 누워있자. 이것으로 충분하니.

사랑은 씁쓸하고 깊은 황량한 바다잖아.
그리고 꽃 속에서 모든 천국을 보았는데도
그녀는 사랑하려 들지 않았어.

우리 포기하고 내려가자. 그녀는 마음 쓰지 않을 테니.
모든 별이 모든 대기를 황금으로 만들고
그리고 바다가 움직이기 전에 움직이는 것을 보며
달빛 꽃 바다 위에 피어난 포말 같은 꽃들을 아름답게 만든다 해도.
모든 파도가 우리를 덮쳐 바다 깊숙이
숨 막히는 입술과 물에 잠기는 머리칼을 잠기게 만들어도
그녀는 마음 쓰려 하지 않았어.

우리 이제 떠나자, 가자. 그녀는 보지 않을 테니.
우리 모든 노래 다시 한 번 함께 부르자. 분명 그녀는
그녀 역시 한때 함께 했던 날들과 서로 나눈 말들을 기억하고서
한숨 쉬며 우리 쪽으로 조금은 몸을 돌릴 거야. 하지만 우리는
우리는 여기서 우리는 이미 떠나고 없어. 마치 여기

에 없었던 사람들처럼.

아니, 그리고 모든 이들 나를 보며 측은히 여겼지만

그녀는 보려 들지 않았어.

11월

- 로버트 브리지스

외로운 대지에 외로운 계절,
새들의 반 날아가고 안개는 낮게 깔리며
해님 모습 보기 힘들고 그의 침상에서 멀리 벗어나지 않네.
짧아진 날들 환영받지 못한 채 차례로 지나가네.

바깥에는 건초더미 옆에 덮어놓은 발동기 버림받아
기운 없이 서 있고 - 이제 모든 일꾼
쟁기질하라는 명령 있었기에 - 새벽이 오기 전에
여러 무리 멀리서 가까이서 뒤따르고 가로질러 오네.
시시각각 그들은 줄무늬 들판의 갈색 고랑 넓히네.
그들 뒤에서 둔한 떼까마귀 겅중겅중 활보하고 다니고
회색 정수리 갈까마귀 춤을 추네.
얼마간 산마루 위로 윤곽선도 뚜렷하게

(노고의 축도, 보배로운 형태)
말과 남자들의 모습 나타나고, 아니면 이제는 근처
길 위에서 그들은 소리치며 자기 몫을 들어 올리네.
자줏빛 대기로 생기가 도는 잘 다듬어진 산울타리 옆,
그곳에 가시나무 아래 죽은 잎사귀들 가을날 거친 바람으로
어지럽게 쌓여있고, 울타리 안팎으로
작은 굴뚝새들 명랑하고 행복한 소리 내며
미끄러지듯 날아다니네.
그리고 노란 아모레트 새들이 두려움 속에서도
즐겁고도 친근하게 위로 옆으로 파닥거리네.

그리고 이제 밤이 차가워지면 하늘을 가로질러
홍방울새 작은 무리 지어 허둥지둥 당황하네.
오후 내내 엉겅퀴 목초지로부터
정원으로 날아가 아메리카 만병초나
장미 관목 피난처 구하고자 서둘렀네.
그리고 거의 해 질 무렵 쌀쌀할 때 여기저기
외떨어진 나무에서 찌르레기 함께 모여
재잘거리며 서로 꾸짖다가
여름철 잎사귀처럼 촘촘히 앉아 수다스럽게 다투네.

갑자기 그들 하나같이 조용해지네 -
나무 꼭대기가 휙 움직이자 -
날개 퍼덕이며 자리에서 일어나
그들은 삼삼오오 무리 지어 날아서
감탕나무 덤불 숲으로 가네. 그리고 그곳에서 더 많은 무리와
보금자리 놓고 서로 다투네. 그리고 보이지 않는 나라에서
끊임없이 흐르는 물처럼 혼란스럽게 입방아 찧는 소리
숲을 살아있게 만들고, 떼 지어 우는 소리 점점 커지고
끊임없이 시끄럽게 다투는 동안
자신들만 생각하는 그들에게 밤이 닥쳐오네.
검고 긴 밤 천천히 길어지면서
겨울과 함께 깊어지면서 풀과 나무 황폐해지고
그리고 얼마 지나지 않아 눈 속에 파묻힐
대지, 그는 얼어붙은 망토 아래서 잠을 자며
자신의 종말이 어떠할지
해님 없는 극지로부터 기어 나온 꿈을 꿀 것이네.

낙엽

-W. B. 예이츠

가을은 우리를 사랑하는 기다란 나뭇잎들 위로 오고
보릿단 속 생쥐들 위에도 온다.
우리들 위로 마가목 잎사귀들 누렇게 물들고
축축한 산딸기 잎사귀 누렇게 변한다.

시들어가는 사랑의 시간 우리를 괴롭혔고
이제 우리의 슬픈 영혼 지치고 지쳤다.
우리 헤어지세, 정열의 계절 우리를 잊기 전에
처진 그대 이마에 키스와 눈물방울 남기고.

가을

-T. E. 흄

가을밤 살짝 느껴지는 추위 -

나는 집 밖으로 나가 걸었다.

얼굴 빨개진 농부같이

불그레한 달 울타리에 기대어 있었다.

발걸음 멈추고 말을 걸진 않았지만 고개를 끄덕여 주었다.

주위에는 도시 아이들처럼

아쉬움 가득한 별들 창백한 얼굴로 서 있었다.

그대 이제 그만 울어요, 슬픈 샘이여

– 작자 미상

그대 이제 그만 울어요, 슬픈 샘이여.
어째서 그토록 빨리 흘러내려야 하나요?
하늘의 해님이 산에 쌓인 눈을
얼마나 부드럽게 녹이는지 보세요.
하지만 내 해님의 천상의 눈은
그대의 흐르는 눈물 보지 못해요.
지금 잠들어 있으니까요.
이제 고이고이
잠을 자고 있어요.

잠은 화해,
평안을 가져오는 휴식이에요.
저녁이면 창백한 얼굴로 지는 해님도
아침이면 미소 지으며 떠오르지 않나요?
그러니 그대도 쉬세요, 슬픈 눈이여, 쉬세요.

울다가 녹아내리겠어요.
해님은 잠들어 있어요,
이제 고이고이
잠을 자고 있어요.

조용하지 않은 무덤

– 작자 미상

"오늘은 바람이 부는군요, 내 사랑.
그리고 비도 몇 방울 떨어지네요.
나에겐 진실한 사랑 단 하나뿐이었소.
차가운 무덤 속에 그녀 누워있네요."

"모든 젊은이 그러하듯 나
내 진실한 여인 위해 뭐든 하겠소.
열두 달하고 하루 동안 나
그녀 무덤에 앉아 슬퍼할 거요."

열두 달 하루 지나자
죽은 자 말하기 시작했지요.
"오, 누가 내 무덤에 앉아 울면서
나 잠 못 이루게 하는 거지요?"

"내 사랑, 그대 무덤에 앉아
잠 못 이루게 하는 사람 바로 나요.
점토처럼 차디찬 그대 입술에 나 키스 한번 하고 싶소.
그게 나 원하는 전부요."

"당신 점토처럼 차디찬 내 입술에 키스 한번 원하시
네요.
하지만 내 숨결 흙냄새 너무 강해요.
당신 점토처럼 차디찬 내 입술에 키스 한번 하시면
당신의 시간 머지않아 끝날 거예요."

"자기야, 저기 저 아래 초록빛 정원
우리 함께 거닐던 곳이잖아요.
전에 우리 보았던 그 아름답던 꽃
이제는 시들어 줄기 하나 남았어요."

"그 줄기 시들어 말라버렸죠, 내 사랑.
그러니 우리의 심장도 썩겠지요.
그러니 내 사랑, 그대도 만족하세요.
하나님이 그대 부르실 때까지요."

거칠고 거친 숲

– 작자 미상

거칠고 거친 숲길 나 걸어야 하리.
그리고 여기저기 둘러보리,
두려움과 극도의 염려 가운데.
믿었던 것으로부터 속임 당한 나.
하나를 위해 모든 걸 포기한 나.

그래서 나 행복으로부터 버림받았네.
간교함과 거짓 핑계로 인해.
잘못 없어 나무랄 데 없는데,
돌아오리라는 확신 전혀 없네.
한 사람에 대한 사랑을 위해 모든 걸 포기했네.

그린우드 나무 내 침상이고
풀숲 다발 베개 삼으리.
마치 기쁨으로부터 도망치는 사람처럼

삶으로부터 나 날마다 달아나네.
하나를 위해 모든 걸 포기한 나.
흐르는 냇물 내 음료 되고
도토리 내 식량 되리.
그대의 아름다움 외에는
그 어느 것도 유익하지 않네.
한 사람에 대한 사랑을 위해 모든 걸 포기했네.

겨울

불어라 불어 그대 겨울바람아

- 윌리엄 셰익스피어

불어라 불어, 그대 겨울바람아,
그대 매정하다 한들
인간의 배은망덕 따를까.
그대 이빨 인간만큼 날카롭지 못하리.
그대 숨결 거칠다 해도
그대 모습 볼 수 없네.
기분 좋네! 노래 부르세! 신나도다! 녹색 호랑가시나무를 향해.
우정은 언제나 거짓, 사랑은 모두 바보짓.
기분 좋네, 호랑가시나무!
세상살이 정말로 즐겁네.

얼어라 얼어, 그대 혹독한 하늘아,
그대 살을 에듯 매섭다 한들
받은 혜택 쉽게 잊는 마음 따를까.

그대가 물줄기 비튼다 해도
그대 침 날카롭다 해도
기억하지 않는 친구 따를까.
기분 좋네! 노래 부르세!

- (희극 〈좋으실 대로〉 2막 7장에서 아미엔스가 추방당한 전 공작에게 불러준 노래)

겨울

-제임스 톰슨

보라, 다채로운 한 해를 다스리려고 겨울이 오도다.
시무룩하니 슬프게, 떠오르는 그의 일행들인 -
수증기, 구름 그리고 태풍과 함께. 이들이여, 나의 주제 되어주오.
이들은 인간 정신 고양하여 엄숙한 생각과
경이로운 사색으로 이끌도다. 반갑구나, 내 친구 우울이여!
만세, 마음 통하는 공포여! 발걸음을 재빨리 놀리며
나 흐뭇해했도다, 내 인생의 쾌적한 아침에.
그때 나 무심한 고독감으로 위로받으며 살았고
끊이지 않는 기쁨으로 자연을 노래하고
순수한 처녀 같은 눈, 나 자신도 순수한 마음으로 밟았도다.
포효하는 바람 소리, 분출하는 성난 급류 소리 들었고,
또는 음산한 저녁 하늘에서 태동하여

극심하게 들끓고 있는 폭풍우를 보았도다. 그렇게 시간은 지나갔고,
마침내 나 명료한 남쪽 방을 통해
홍겨운 봄을 내다보면서— 밖을 내다보며 미소지었도다.

밤

- 윌리엄 블레이크

해는 서쪽으로 기울고
저녁별 눈부시네.
새들은 둥지에서 조용하고
나는 나의 보금자리 찾아야 하네.
달은 꽃처럼
하늘의 높은 정자에
무언의 기쁨으로
앉아 밤을 향해 미소 짓네.

녹색 들판과 행복한 숲이여 잘 있거라.
그곳에서 가축 무리 기쁨 누렸고
그곳에서 어린 양들 야금야금 풀을 뜯으며
생기 있게 천사들의 발걸음 소리 없이 움직이네.
천사들 아무도 모르게 복을 따르고
끊임없이 기쁨을 부어주네.

봉오리마다 꽃송이마다
그리고 잠들어 있는 가슴마다 부어주네.
천사들 구석구석 살펴보네.
새들 따스하게 감싸고 있는 무심한 모든 둥지를.
천사들 짐승의 동굴 구석구석 방문하네.
그들 모두 위험에서 지켜주기 위해.
천사들 곤히 잠들어 있어야 하는데
울고 있는 짐승 보면
천사들 그들의 잠자리 옆에 앉아
머리에 잠을 부어주네.

늑대와 호랑이들 먹이 찾아 울부짖을 때
천사들 불쌍한 마음에 서서 눈물 흘리네.
그들의 목마름 쫓아버리려고 애쓰며
그들을 양떼로부터 지키네.
하지만 그들이 무섭게 달려들면
천사들 아주 사려 깊게
온유한 영혼 하나하나 받아들여
새 세상 물려주네.

그곳에서 사자의 불그레한 두 눈에

황금빛 눈물 흐르네.
그리고 부드럽게 울부짖는 소리 불쌍히 여겨
양 우리 주위를 오가며 말하네.
"분노는 그분의 온유함으로
아픔은 그분의 건강함으로
우리의 영생 받은 날로부터
사라져버리네."

"가냘프게 우는 어린 양아, 이제 네 곁에
나 누워 잠잘 수 있으리.
혹은 그대 이름으로 불리는 그분을 생각하며
그대 따라 풀 뜯으며 눈물 흘릴 수 있으리.
왜냐하면, 생명의 강물에 씻은
빛나는 내 갈기
내가 양 우리 지키는 동안
영원토록 황금처럼 빛나리니."

노래

- 퍼시 비시 셸리

짝 잃은 새 한 마리 겨울 나뭇가지에 앉아
세상 떠난 님 그리며 슬피 우네.
하늘에는 얼어붙은 바람 살금살금 기어가고
땅에는 시냇물 꽁꽁 얼어붙네.

벌거벗은 숲에는 나뭇잎 하나 없고
땅에는 꽃 한 송이 없네.
그리고 공중에는 움직임 하나 없고
단지 물레방아 소리만 들리네.

눈보라

-존 클레어

1

아 놀라운 밤일세! 바람 으르렁거리고, 쉭쉭거리던 소리
멈췄다 더 크게 으르렁거리네. 마구 쏟아지는 눈
창 유리 끊임없이 때려대고
우리의 안락함 또다시 달콤하게 느끼게 하네.
그리고 눈 폭풍 잦아드는 아침,
모든 오막살이 문에 산더미 같은 눈더미
쌓여 모든 출입문 막혀 있네.
빗자루와 삽으로 길을 내고
양쪽으로 눈 쌓인 벽 만들 때까지.
양치기 온통 흰 눈으로 덮인 널따란 골짜기 배회하며
신선한 감각으로 그의 오래된 기억을 채우네.
밤에는 남겨진 산울타리 더는 알아볼 수 없이
하얗게 펼쳐진 완만한 곡선의 언덕으로 변했고

관목으로 바뀐 나무들 그 몸을 반쯤 감추고 있네.

2

깜짝 놀라 사료 더미로 가는 소년
지난밤 열어둔 대문으로 걸어가네.
산울타리 그의 시야에서 모두 사라져버렸고.
양들 나뭇잎 뜯어먹으려 나무 꼭대기까지 목을 뻗네.
이 기이한 광경 새로운 즐거움 주고,
조심스러운 발걸음으로 소년의 놀이 시작되지만
더 대담하게 그는 거대한 눈 언덕을 이리저리 돌아다니다가
마침내 넘어져 턱까지 눈 속에 빠지고
죽을 듯이 발버둥 쳐 간신히 빠져나오네 -
그러고는 돌아서서 깔깔대고 웃어보지만 더는 감히 나가지 못하네.
잔디와 관목들 저 아래 깊이 묻혀 있기에
일찍 밤을 맞이한 작은 새들
머리 날개 속에 파묻은 채 애타게 낮을 기다리는데
감각 잃은 소년들 그들 머리 너머 낯선 길로 갈 수 있네.

까마귀

– 토머스 러벌 베도스

늙은 아담, 썩은 고기 먹는 까마귀,
카이로의 늙은 까마귀,
그는 소나기 맞으며 빗물이
꼬리 아래로 볏 위로 흘러도 가만히 앉아 있네.
그리고 가닥가닥 깃털 따라
궂은 날씨 새어 나왔네.
나뭇가지 그의 둥지 아래서 흔들렸고
그의 부리 골수로 무거웠다네.
바람이 잦아드는 걸까? 오, 아니네.
유령들의 달빛 속에서
살인자의 뼈를 통해 앞뒤로
불어대는 것은 두 마귀뿐이네.

이것 봐! 나의 잿빛 까마귀 아내 이브여,
우리가 왕들의 골수로 저녁 식사했을 때

어디서 술 마시며 우리 시간 흥겹게 보낼 수 있을까?
우리 둥지 그것은 클레오파트라 여왕의 해골,
그것은 쪼개지고 금이 갔고.
부서지고 난도질당했네.
그러나 푸른 두 눈은 눈물로 가득하네.
나의 카이로 까마귀여, 우리 함께 마시자.
바람이 잦아드는 걸까? 오, 아니네.
유령들의 달빛 속에서
살인자의 뼈를 통해 앞뒤로
불어대는 것은 두 마귀뿐이네.

폭설

- 랠프 월도 에머슨

하늘의 모든 나팔 소리 포고로
눈 내려와 들판 위로 달려가며
어디에도 내려앉지 않을 것 같고, 하얘진 대기
언덕과 숲과 강과 하늘 가리고
마당 끝에 있는 농가 덮어버리네.
썰매 탄 나그네 가던 길 멈췄고, 전령의 발걸음
지체되었고 친구들도 모두 발이 묶여,
집안 식구들 소란스러운 폭풍 속 내밀함에 둘러싸인 채
눈부신 벽난로 주변에 둘러앉아 있네.

북풍의 석공술 와서 보아라.
언제나 타일로 꾸민 보이지 않는
채석장에서 사나운 장인은
바람 부는 쪽의 모든 말뚝, 나무, 문을 따라

돌출된 지붕 있는 그의 흰색 보루 구부러뜨리네.
그토록 기이하고 야만스러운 그의 거친 작업
수많은 기술 가진 장인은 속도를 내지만
숫자나 비례는 신경 쓰지 못하네. 조롱하듯 그는
닭장이나 개집에 백색 대리석 화환을 씌우네.
백조 같은 형체는 비밀스레 가시 집어넣고
이 담에서 저 담까지 농부의 샛길 메워버리네.
농부의 한숨 들은 척도 안 하네. 그리고 대문에는
점점 가늘어지는 작은 탑 그 작업 능가하네.
폭설의 종말 가까워지며 세상이 온통 그의 것일 때
물러갈 때 아니지만 태양이 나타나자
놀라운 석공술 떠나가면서 한 시대에 걸쳐
돌 하나하나 천천히 만든 구조물 속에서
광풍의 야간작업인
흥겹게 장난한 눈의 건축물 모방하네.

눈송이

- 헨리 워즈워스 롱펠로

공기의 가슴 헤치고
구름 옷자락 흔들어대며
헐벗은 갈색 삼림 너머로
추수 끝난 버려진 밭들 너머로
고요히 부드럽게 천천히
눈이 내리네.

우리의 흐릿했던 공상
불현듯 어떤 신성한 모습 취하는 순간,
걱정스러운 가슴이 하얀 얼굴로
고백하는 순간,
걱정 가득한 하늘
그 슬픔을 드러내네.

이것은 공기의 시,

침묵의 음절로 천천히 기록했네.
이것은 절망의 비밀,
구름이 잔뜩 낀 품속에 오랫동안 품고 있었네.
이제야 숲과 들에
소곤소곤 얘기했네.

크라켄[5]

- 알프레드 테니슨

상층 바다의 천둥소리 아래
깊고도 깊은 바닷속 멀고도 먼 저 밑에서
크라켄 오랜 세월에 걸쳐 꿈도 없고 청한 적도 없는
잠을 자네. 희미한 햇빛 그늘진 그의 옆구리에서
달아나고, 크라켄 위로
수천 년 동안 거대하게 자란 해면동물 부풀어 오르네.
그리고 저 멀리 부실한 빛 속으로
수많은 경이로운 동굴과 비밀스러운 방에서 나온
헤아릴 수 없이 많은 거대한 자포동물들
거대한 지느러미로 잠들어 있는 해초 흩날리네.
그곳에 수백 년 동안 누워있었던 그는 앞으로도 누워있으리.
잠속에서 거대한 갯지렁이 먹어치우며
최후 심판의 불 바닷속 뜨겁게 할 때까지.

---

5 노르웨이 전설에 나오는 바다괴물(Kraken)

그날에 인간과 천사에게 그 모습 드러나면
단 한 번 포효하며 일어나 바다 위에서 죽으리.

반짝이는 코를 가진 소년 동(Dong)

- 에드워드 리어

무시무시한 어둠과 침묵이 지배하네
거대한 그롬불리언 평원 위로,
길고도 긴 겨울밤이 지새도록 —
성난 파도 포효하면서
바위투성이 해안에 부딪힐 때 —
먹구름이 챙클리 보어의 언덕에 탑처럼 높이 치솟은 곳에서
곰곰이 생각할 때 —

그때 광활하고 음침한 어둠을 통해
맹렬한 불꽃 같은 게 움직이고,
은빛 광선이 비치는 쓸쓸한 불꽃은
칠흑같이 캄캄한 밤을 뚫네 —
기이하게 빛나는 하나의 별똥별이—
이곳에서 저곳으로 그 환영이 떠도네,

무시무시한 빛 하나가.

천천히 그것은 배회하다— 멈추고— 기어오르고—
곧 그것은 반짝이고 — 휙 지나가다가 펄떡 뛰어오르네.
그리고 어느 때보다도 그것은 어슴푸레 빛나며 앞으로 나아가
뽕나무 줄기에 하나의 빛을 던지네.
그 자정의 시간에 홀 또는 테라스
또는 높은 탑에서 지켜보는 사람들은
그 맹렬한 빛이 지나갈 때 소리 지르네.
"동! — 동!"
"방랑하는 동이 숲을 지나간다!"
"동! 동!"
"반짝이는 코를 가진 소년 동!"

아주 오래전에
동은 행복하고 즐거웠네.
어느 날 해안에 들어온
점블리 소녀와 그가 사랑에 빠지기 전에는.
점블리 사람들 체를 타고 왔다네, 정말로 그랬다네 —

한밤중에 젬머리 들판 근처에 상륙했다네.
그곳엔 타원형 굴들이 자라고
부드럽고 회색빛 띤 바위들 있었네.
그리고 모든 숲과 계곡에 울려 퍼졌네.
그들이 밤낮으로 부르는 합창곡이—
"가물에 콩 나듯 드문드문
점블리 사람들이 사는 땅 있네.
그들의 머리는 초록빛, 그들의 손은 푸른빛이네.
그들은 체를 타고 바다로 나갔네."

행복하게, 행복하게, 그 날들이 지나갔네!
쾌활한 점블리 사람들 머무는 동안.
그들은 밤새도록 원을 그리며 춤을 추었네,
활기찬 동의 구슬픈 피리 소리에 맞추어,
환하건 어둡건 달빛 속에서.
밤낮으로 동은 언제나 그곳에 있었네.
그토록 아름다운 점블리 소녀 곁에
그녀의 손은 하늘같이 파랗고, 머리칼은 바닷빛 초록색이었네.
그 증오의 날 아침이 밝았을 때
점블리 사람들 그들의 체를 타고 가버렸네.

그리고 동은 그 잔인한 해변에 남겨진 채
바라보았네, — 하염없이 보았네—
몹시 지친 그의 두 눈,
머나먼 수평선 위, 완두콩 색 돛에 고정한 채—
동은 온종일 풀 덮인 언덕에 앉아
점블리 합창곡을 아직도 노래한다네—
"가물에 콩 나듯 드문드문
점블리 사람들이 사는 땅 있네.
그들의 머리는 초록빛, 그들의 손은 푸른빛이네.
그들은 체를 타고 바다로 나갔네."

하지만 해님이 서쪽으로 낮게 기울었을 때
동은 일어나 말했다네—
"한때 내 것이었던 실낱같은 의식마저
이제는 내 머리에서 완전히 떠나버렸네!"
그날 이후 동은 여전히 방랑하고 있다네.
호수와 숲가, 늪지와 언덕으로,
그는 노래하네. "오, 계곡이나 평원 어디선가
점블리 소녀 나 다시 찾을 수 있을까!
나는 호수와 해안가에서 영원히 찾으리.
다시 한 번 나의 점블리 소녀를 찾을 때까지!"

날카로운 소리 낭랑한 피리를 불면서,
그 후로 동은 점블리 소녀를 찾고 있다네.
그리고 밤에는 볼 수가 없었기에
그는 트왕검 나무의 껍질을 모았네.
꽃들 흐드러지게 자라나는 평원에서.
동은 자신을 위해 놀라운 코 만들었네—
세상에서 가장 기이한 코를!
엄청난 크기에 빨갛게 색칠한 코를
머리 뒤에다 끈으로 묶었네.
— 그 코는 움푹 꺼진 둥근 곳에서 끝났고
안에다 반짝이는 램프를 달았네.
바람이 불어 램프 불 꺼지지 않도록
온통 붕대로 단단하게
모든 것 감싸주었네—
그리고 빛을 내보내기 위해 빙 둘러 구멍을 내어
음울한 밤에 반짝이는 빛 비추네.

지금도 밤마다 그리고 밤새도록
동은 아직도 그 평원을 배회하네.
그리고 침팬지와 도요새의 울음소리 너머로
동의 구슬픈 피리 소리 날카롭게 들린다네.

동은 점블리 소녀 다시 만나기 위해
끊임없이 찾아 헤매지만 아무 소용 없네.
외롭고도 거칠게 — 밤새도록 동은 다닌다네—
반짝이는 코를 가진 동!
자정의 시간에 홀 또는 테라스
또는 높은 탑에서 지켜보는 사람들은
밝게 빛나는 별똥별을 눈으로 따라가며 울부짖네.
음울한 밤을 통해 이동하는 별똥별을 보며—
"지금은 그가 다니는 시간이오!
반짝이는 코를 가진 동!
저 너머— 평원을 넘어서 그가 가네요!
그가 가네요.
그가 가네요.
반짝이는 코를 가진 소년 동!"

겨울 소네트

- 크리스티나 로제티

개똥지빠귀 말했지: 봄은 절대 오지 않을 거야, 나 또다시 집 짓는 수고 않으리.

장미 말했지: 이 서리들 참으로 지겨워, 내 수액 태양이나 비를 위해 절대 흔들리지 않으리.

반달 말했지: 안개로 뒤덮인 이 밤 느리기도 해라. 달이 차오르건 이지러지건 나 마음 쓰지 않으리.

바다 말했지: 나 오래전부터 목말랐어. 지구의 강들 바다 채울 수 없기에 -

봄철이 오자 새빨간 개똥지빠귀 둥지를 틀었고, 기쁨에 넘쳐 사랑 노래 지저귀었네.

잿빛 서리 사라졌고 장미는 힘차게 속까지 새빨간 봉오리와 잎사귀로 온몸 둘렀네.

희미한 달 생기로 반짝였네. 바다는 물마루에 햇볕 쬐어 푸른 보조개 일으켰으나 영원히 목말랐네.

눈이 하얗게 덮인 겨울 들판

-루이스 캐럴

겨울이 되어 들판이 하얘질 때
그대의 기쁨 위해 나 이 노래 부르리-

봄이 되어 숲이 푸르러질 때,
그대에게 내 진심 전하고자 애쓰리-

여름이 되어 낮이 길어질 때,
어쩌면 그대도 내 노래 이해하게 되리.

가을이 되어 나뭇잎 갈색일 때,
펜과 잉크로 내 노래 적어보아라.

나는 물고기에게 메시지 보냈지.
"이것이 바로 내가 원하는 거예요" 라고 말했지.

바다의 작은 고기들,
그들이 나에게 답변을 보냈지.

작은 물고기들 보내온 답변은
“우리 그렇게는 못 해요, 선생님. 왜냐하면 -”

나 또다시 그들에게 하고 싶은 말 보냈지.
“복종하는 게 좋을걸.”

물고기들 빙긋 웃으며 대답했어.
“아니, 선생님. 왜 그렇게 화를 내세요!”

나 그들에게 한 번 말하고, 두 번 말했지.
물고기들 충고 들으려 하지 않았어.

나는 커다란 새 솥을 집어 들었지.
내가 해야 할 일에 걸맞은 솥을.

내 가슴 팔딱거렸고 내 가슴 쿵쿵거렸지.
펌프에서 나 솥에 물을 채웠지.

그때 누군가가 나에게 와서 말했어.
“작은 물고기들 잠자리에 들었소.”

나는 그에게 말했지. 분명히 이렇게 말했지.
"그럼 당신은 물고기들 다시 깨워야 하겠구려."

그 말을 나는 아주 크고 분명하게 외쳤지.
그 사람 귀에 대고 나 소리쳤지.

그렇지만 그 사람 아주 뻣뻣하고 당당하게 말했어.
"그토록 큰소리로 소리칠 필요 없잖소!" 그 사람 말했어.

나는 선반에서 병따개 들고 와
직접 물고기들 깨우러 갔어.

그리고 문이 잠겨 있는 걸 알았을 때
나는 손으로 잡아당기고 밀고 발로 차고 두드렸지.

그리고 문이 닫혀 있는 걸 알았을 때
나는 손잡이 돌리려고 애썼지, 하지만 -

한참 동안 침묵이 흘렀어.
"그게 다예요?" 앨리스가 조심스럽게 물었지.

"그게 다야." 험프티 덤프티는 말했어.
"잘 가라."

런던의 눈

- 로버트 브리지스

사람들 모두 잠에 취해 있을 때 눈 날아와
커다란 하얀 눈송이 갈색 도시에 떨어뜨렸네.
아무도 몰래 끊임없이 내려와 제멋대로 자리 잡으며
늦은 밤 나른한 도시의 차량들 입 다물게 했네.
중얼대는 소리 들리지 않게 억누르고 질식시키며,
느긋하게 끊임없이 아래로 아래로 떠내려왔네.
도로와 지붕과 울타리 소리 없이 체로 치듯 모두 덮어버렸네.
각진 곳과 갈라진 틈으로 부드럽게 떠다니고 미끄러져 들어가
다름을 감추고 울퉁불퉁한 것 평평하게 했네.
밤새도록 18센티 높이까지 내린 눈
압축되지 않아 부드러운 바닥에 내려와 앉았고,
높다란 서리 낀 하늘에서 구름이 날려 보냈네.
그리고 모든 사람 눈이 시리도록 극도로 기이하게

내뿜는

익숙하지 않은 겨울 새벽의 환한 빛으로 일찌감치 눈을 떴네.

두 눈은 놀랐다네, 눈부신 새하얌에 놀랐다네.

장엄한 대기의 고요함에 쫑긋하고 귀 기울였네.

바퀴 굴러가는 소리, 발걸음 소리 전혀 없고

분주한 아침 소리 약하게 드물게 들려왔네.

그때 나 학교 가는 소년들 반갑게 소리치는 소리 들었네.

얼어붙은 순백색 만나 열매 그러모은 소년들

혓바닥으로 맛보고 손으로 눈덩이 만들었고,

바람에 불려 무릎까지 쌓인 눈더미 속에서 마구 날뛰었네.

경이롭게 새하얀 이끼 같은 눈 아래서 뚫어지게 올려다보며

"와, 나무들 좀 봐!" 소년들은 소리쳤네. "와, 나무들 좀 봐!"

손수레 몇 대 줄어든 짐 싣고서 삐걱삐걱 비틀대고

눈 내려 인적 없는 하얀 길 따라가네.

시골 사람들 뿔뿔이 흩어진 지 오래된 그 길을.

이제는 벌써 창백한 모습의 태양이

높다란 성 바울 대성당의 둥근 지붕 옆에 서서 아래로 내리쏟는
그 반짝이는 광선으로 그날의 소요를 일으켰네.
이제 문들 열리고 눈과의 전쟁 선포되었네.
그리고 셀 수 없이 많은 음울한 사람들의 무리
힘든 일터로 갈 때 기나긴 갈색 길 터벅터벅 걸어가네.
하지만 그들에게조차 얼마간 어떤 걱정도 부담 주지 않아
그들의 마음을 돌려놓네. 일상적 언어로 말하지 않고
노동과 슬픔에 대한 매일매일의 생각도
그들에게 인사하는 아름다움 보고 잠들었네.
그것들이 깨트린 그 마법 때문에.

악몽

- 윌리엄 슈웽크 길버트

당신이 비참한 두통 앓으며 뜬 눈으로 누워서
불안으로 마음의 평안 사라졌을 때
당신은 부당하지 않게 당신이 탐닉하기로 선택한
어떤 말도 사용할 수 있다고 나는 생각해요.
당신의 뇌는 불붙었잖아요. — 침대보는
평상시의 잠자리와 작당하여 당신을 강탈하고요.
우선 침대 덮개 벗기고 당신 발가락은 덮지 마시고
시트는 조심스럽게 당신 밑에서 빼내세요.
그러면 담요가 간질거려— 여러 재료로 만든
피클처럼 느끼겠죠— 아주 무섭도록 예리하게 찌르겠지요.
그리고 당신은 열이 나고 짜증이 나서 당신과
이불잇 사이에 아무것도 없을 때까지 대굴대굴 뒹굴죠.
그러고 나서 침대보는 모두 한 덩어리가 되어 방바

닥으로 떨어지고
당신은 엉클어진 침대보를 모두 집어 올려요.
다음으로 당신의 베개는 체념하고 공손히
평소 각도대로 머무르려 하지 않네요!
그래요, 눈동자는 충혈되고 머리는 여전히 아픈 채로
당신은 꾸벅꾸벅 졸면서 약간의 휴식을 취하네요.
하지만 당신의 잠속에 그토록 끔찍한 꿈들이 바글
대니
당신은 깨어 있는 편이 훨씬 낫겠어요.
당신은 영불해협을 건너가고 하위치항에서 출발하는
기선 안에서 이리저리 흔들리는 꿈을 꾸기 때문이
죠 -
그 배는 커다란 이동식 탈의 시설과
아주 작은 이등 마차의 중간 크기죠.
그리고 당신은 일단의 친구들과 친지들에게
한턱 (1페니짜리 얼음과자와 찬 고기) 내고 있네요 —
그들은 게걸스레 먹어요 — 그리고 그들은 모두
슬론 광장역과 사우스 켄싱턴역에서 탑승하였네요.
그리고 그 여행길에서 (그날 아침 데번역에서 출발한)
당신의 변호사를 당신은 보게 되네요.
몸집이 다소 작은 그가 자신이 열한 살에 불과하다

고 말할 때

당신은 놀라워하지 않아요.

그래요, 당신은 이 특이한 청년과 함께 미친듯이 달려가고 있어요.

(그건 그렇고 그 배가 이제는 사륜마차가 되었네요)

이제 당신은 〈각자 단독으로 하는〉 라운드 게임을 하고 있고 그에게 당신이

"동점이면 딜러에게 돈을 줘야죠" 라고 하니까 그가 당신에게 욕을 하네요.

하지만 당신은 이를 참지 못하고 손을 치켜드는데,

당신이 고드름처럼 냉정해진 것을 알게 되네요.

셔츠를 입고 (금시계 무늬가 그려진 검은 비단의) 양말을 신고

당신은 자전거를 타고 솔즈베리 평야를 가로질러 가네요.

그리고 변호사를 비롯한 그 무리 역시 자전거를 타고 가네요 —

어떻게든 그들은 거기에 투자했으니까요 —

그리고 그는 타르에게 말하네요.

자기가 관심을 가진 회사의 모든 세세한 일들을요.

그것은 기침약에서 전선까지 모든 상품을

싼 가격에 구매하는 전략 중 하나라네요.
(이것을 본 선원들은 재미있어했죠) 소매상을 대할 때
마치 그것들 모두가 채소인 것처럼 하는 거예요 —
당신은 영세 상인을 배치하는 좋은 일꾼 얻었네요.
(우선 구두 골로 부츠를 벗겨봐요.)
그의 두 다리는 뿌리 내리고 그의 손가락은 움을 틔워
그것들 과일나무처럼 꽃 피고 꽃망울 돋아날 거예요—
푸르른 생육목에서 당신은 포도와 완두콩,
꽃양배추, 파인애플, 크랜베리를 얻네요.
페이스트리 요리사가 가꾸는 동안, 체리 브랜드는 인정하네요 —
불룩한 사과파이와 삼각 샌드위치와 밴버리 케이크를.
지분은 1페니고, 아주 많은 것들을
로스차일드와 베어링이 모두 가져가네요.
그리고 당신에게는 단지 조금만 배당되어, 당신은
절망에 몸을 떨며 깨어나네요—
목 근육에 쥐가 나서 당신은 주기적으로 만신창이가 되네요.
당신의 머리가 마룻바닥에 떨어지니 코를 고는 게 이상할 것도 없네요.

당신의 발바닥에서 정강이까지 바늘과 핀이 있네요.
그리고 몸은 오싹하고, 왼쪽 다리가 저리네요.
발가락에 쥐가 나고, 코에 파리가 앉아 있네요.
당신의 허파에 약간의 보풀이 들어있고,
혀는 바짝 타오르고 극심한 갈증을 느끼네요.
그러니 전반적으로 편안하게 자지 못했다는 느낌에 시달리네요.
하지만 어둠이 지나가고 마침내 대낮이 되었네요.
그리고 밤은 아주 길었어요. — 내 노래도 마찬가지예요 —
정말 다행이에요, 둘 다 이제 끝났군요!

눈사람

- 월러스 스티븐스

사람의 마음속 겨울 마음 있다.
서리와 눈이 얼어붙은
소나무 가지 바라본다.

분명 오랜 시간 추위 속에 떨었다.
얼음으로 괴롬 당한 로뎀나무와
아득히 빛나는 1월 태양 아래

거칠어진 가문비나무 본다. 그리고는
바람 소리와 몇 잎 이파리 소리에서
어떤 불행도 생각지 않는다.

그 소리 똑같이 헐벗은 곳에서
불고 있는 똑같은 바람 가득한
대지의 소리다.

귀 기울이는 사람, 눈 속에서 귀 기울일 때
자신은 무(無)로 둔 채,
그곳에 없는 무(無) 그리고 무(無) 자체를 바라본다.

겨울 회상

-존 크로우 랜섬

서로 떨어져 있는 흉측한 두 악마,
나를 사로잡고 한참 동안 떠나려 하지 않네.
마음속에서 외쳐대는 부재, 부재,
그리고 숲에는 격노한 겨울바람 불고 있네.

생각지 마라, 내 벽돌에 밝게 불붙었고,
촘촘한 판자를 통해 바람 한 점 들어올 수 없었을 때,
나의 명분, 적절한 열기와 중심은 멀리하고
나는 그것들, 단순히 타오르는 장작처럼 타올랐네.

차라리 얼어붙은 대기 속으로 걸어 나가
눈으로 내 상처 씻으면 오히려 치유되리라.
추위로 얼어붙고 예민한 감각의 범주 지나기에
거기서는 고동치는 내 심장의 고통 덜하리라.

나 걷노라니 살인적인 겨울바람 불어와
이 몸 구부리고 눈물 쏟게 만드네.
이 심장의 피 빨리 얼어붙으리라 나 생각하지 않지만
너무 조금 흘러 꿈을 위해 한 방울도 할애할 수 없었네.

내 사랑이여, 그대 손길 알고 있는 이 손가락
분리된 우리의 힘 처음으로 함께 묶은 이 손가락,
값어치 없는 열 개의 불쌍한 바보 손가락이었고,
겨울 날씨에 매달려 있는 얼어붙은 열 개의 파스닙 나물이었네.

옮긴이 소개

정정호
서울대 영어교육과 및 대학원 영어영문학과 석박사 과정수료. 미국 위스콘신(밀워키)대 영문학 박사 학위. 홍익대, 중앙대 영문학과 교수. 한국 영어영문학회장, 국제비교문학회(ICLA) 부회장, 저서로《피천득 평전》,《피천득 다시읽기》등이 있고, 역서로《사랑의 철학 : P. B. 셸리시와 시론》등이 있다. 현재, 문학 비평가 국제PEN한국본부 번역원장, 중앙대 명예교수.

이소영
서울대 영어교육과 졸업. 한국외국어대 통역대학원 수학. 영국 리즈대학원 영문학과 수학. 미국 위스콘신(밀워키)대 영문학 석사학위. 경희대, 고려대, 한양대 강사. 옮긴 책으로는《페미니즘》,《포스트모더니즘》등의 이론서와《신의 화살》,《더 이상 평안은 없다》,《홍수의 해》,《미친 아담》등의 소설이 다수 있다. PEN 번역 문학상 수상. 현재, 전문 번역가, 자유기고가.

사계절 영미 시선집

초판 1쇄 발행 / 2022년 12월 30일

지은이 워즈워스 · 휘트먼 외
옮긴이 정정호 · 이소영
펴낸이 윤형두
펴낸데 범우사

등록번호 제406—2003—000048호
등록일자 1966년 8월 3일
주소 (10881) 경기도 파주시 광인사길 9—13 (문발동)
전화 031)955—6900~4, 팩스 031)955—6905

잘못된 책은 바꾸어 드립니다.
ISBN 978—89—08—06332—7 04800 홈페이지 www.bumwoosa.co.kr
978—89—08—06000—5 (세트) 이메일 bumwoosa1966@naver.com